U0059097

Profesor Menunggu Hujan Berhenti

教授等雨停

溫任平雙語詩集

溫任平 著
Bernard Woon Swee-tin
潛默 譯
Chan Foo Heng

自序

《教授等雨停》是我的第二部雙語詩集，裡頭的八十首詩是我從三百首近作選出來的。這些詩完成於二零一四到二零一六年。我寫詩，經常羼入歷史人物、文化典故，很難翻譯，即使翻出來也得附帶許多註解，我決定把它們收入另一部詩集《傾斜》裡。

二零一八年我準備出版兩部詩集：《傾斜》與《教授等雨停》。不知怎的，後者也有四首詩收入《傾斜》，本來打算抽出來用別的詩取代，後來想想，它們都是自己的孩子，也就留著。

當年籌劃第一部雙語詩集是在二零零零年。是年三月，《扇形地帶》（Kawasan Berbentuk Kipas〉付梓，詩作由潛默與張錦良合譯。《扇形地帶》收入四十首中文詩，加上巫譯總共八十首作品。大將書行的發行，在國內應該還算不錯的了，可雙語詩集投入大馬詩壇，卻如泥牛入海，既得不到馬來詩壇的回應，馬華詩壇亦噤若寒蟬。

兩種文化之間，或是兩種語文的壁壘，不可能因一部四十首的雙語詩集而改變，小小的漣漪掀不起浪花。我即使睡在巫統大廈前面，或拿著個牌子在語文出版局遊行，驚動的肯定不會是文化部的官員，而是大廈的保安人員。我也不相信，文化問題——尤其是文化交流——可以通過flash mob或者streaking（裸奔）能改變現狀。

質與量都是需要的，能做一點就一點。潛默有個信念：「凡是馬來西亞華人，都應該能講也能寫中文與國文。」最近為了雙語詩集，他與我在電話裡聊及華人的多元語言背景，這話他說了兩遍。我擔心的是，大馬華人的多元語文教育，使得許多人會變得樣樣通、樣樣鬆。能說普通的華英巫語，卻無力用華英巫書寫，整個民族文化陷入一種只會開口喧囂、無力表達、思想貧乏的狀態。

至於審美觀念，美感的表現，也需要思想、概念，不是每個人都能把握三種語文。像錢鍾書、季羨林、饒宗頤那種能把握六、七國語文的天才，是絕少的例外。

我的話題重點不在我們把握了多少國的語文，重點在於從普及的角度看大馬華人，如何運用華巫英這三種語文，在馬來西亞的政治社會裡如何生存，在文化生活裡又如何安身立命？

面對潛默的譯詩，我把中文原作細看了一遍，再回頭朗誦他的譯作。唸潛默的譯詩，我有一種奇怪的衝動想改寫原作，不是削足適履，而是譯文在音節、在文字的律動給予我「再創造」的本能反應。異質羼入、新意念萌生，多奇妙的經驗。這可能會影響到我日後的作品佈局，尤其是音色方面，馬來詩的頓挫鏗鏘，可作參照。

前些日子我曾撰文討論詩的可譯性與不可譯性，遍佈中國歷史文化人物典故的詩固「不可譯」，晦澀亦不可譯，說到根源，最不可譯的是原詩在文法、文義都出現疵誤的「病詩」。恕我直言，這種病詩在吾人視為典範的《六十年代詩選》、《七十年代詩選》都出現過。

語文說難不難，通達合理而已，語言學家、詞典編纂家呂淑湘說得好，必須三者皆顧：語法（對不對）、修辭（好不好）、邏輯（通不通，合理不合理），今天我們讀到的詩——包括貼在網路的詩，符合這些基本條件嗎？詩的超現實也是一種現實，《紅樓夢》虛中有實、實中有虛的現象是「生活」，哪些妄念幻想哪些荒腔走調，也是「生命的一部份」，沒有不合理的問題。

我從披頭四那兒得到靈感，寫成〈黃色潛水艇〉，最後兩行是：

> 這世界只有螢火，沒有戰火
> 這世界只有摯愛，沒有傷害

潛默的譯本是：

> Dunia ini hanya ada api kunang-kunang, tiada api perang
> dunia ini hanya ada cinta sejati, tiada perbuatan menyakiti

原詩的「戰火」與「螢火」押韻，譯詩是api kunang-kunang 與api perang 韻腳二重化、押得實在巧。「摯愛」與「傷害」化身為ada cinta sejati 與tiada perbuatan menyakiti，潛默的詞語複奏加上押韻，使詩的能量得以揮灑釋放，也讓我在讀了巫譯之後，進一步思考現代詩創新的其他可能。《現代詩秘笈》如果有一天會面世，翻譯家陳富興（潛默）居功厥偉。

2018年3月26日

目次

生涯

有一盞燈　曾經黯淡
有一顆心　曾經哀傷
有一個夢　早已破滅
有一首歌　歷經滄桑
有一個人　拒絕逃亡

2014年2月9日

Kehidupan

Ada sebuah pelita, pernah menjadi redup
ada sebuah hati, pernah berasa pilu
ada sebuah mimpi, telah lama terhancur
ada sebuah lagu, dialaminya pergolakan hidup
ada satu orang, enggan melarikan diri

不曾離開過

在飛機的這一端，我看見你
從遠處迅速移近，嘩然的風雨
當年展翅高飛的你
我在機艙的進口處，回過身來，舉臂
向送行的親友同袍揮別
「告訴她，我其實從來不曾忘記過
從來不曾離開過。」

2014年2月11日

Tak Pernah Berpisah

Di hujung pesawat, aku melihat kau
bergerak dengan cepat dari jauh, ribut berderau
tahun itu kau terbang tinggi
aku di pintu masuk kabin, berpaling dan mengangkat lenganku
selamat tinggal kawan-kawan dan saudara-mara
"Beritahu dia, sebenarnya tak pernah kulupakan
tak pernah berpisah sebelum ini."

等我

從空房望出去，我看到一個小孩
瘦小的身軀，向繁花似錦
的高原飛奔。我尖喊：
等我——等
我。

空谷的迴響曖昧
遠處的潮聲隱晦
從高原到平原
從低窪的沉鬱到大海的喧嘩

等我——等
我

2014年2月中旬

Tunggulah Aku

Dari bilik kosong, aku ternampak
  seorang kanak-kanak*
berbadan kurus, cepat berlari ke dataran tinggi
yang penuh dengan bunga-bungaan mekar indah
jerit aku
tunggu aku --- tunggulah
aku

Gema lembah kosong itu meragui
bunyi arus dari jauh kurang jelas
dari dataran tinggi ke tanah rata
dari pamah murung ke keriuhan laut

Tunggu aku --- tunggulah
aku

---

* Catatan:
dalam antologi sajak ini, tempat kosong di depan baris menunjukkan baris ini adalah sambungan baris di atas.

學童與棉花糖

學童衝出教室，去迎接
從遠處走來的棉花糖小販
他的膚色有點暗。噹噹噹……
離開懸掛國旗不遠的
古老銅鐘，被校工敲醒
它正在做夢，夢中有一少女
展開翅膀，飛過白色的教堂
噹噹噹……廟宇打開窗
陰霾使陽光顯得有點兒黯淡
知客僧合十迎接第一名香客
煙霧紛飛看不見佛的真相
學童的笑聲潮水似地淹沒草場
他們沒讀過海明威的戰地鐘聲
為傷逝而敲響。噹噹噹噹噹…
一輛救護車風馳電掣而過
其他汽車包括公共巴士
緊急靠邊站，它們甚至不敢拐彎
國旗飄揚，團結便是力量
放學那一刻便不是囚徒
稚幼的學童追求的是
一棒粉紅如夢的棉花糖

2014年3月13日

Kanak-kanak Sekolah Dan Gula-gula Kapas

Kanak-kanak sekolah keluar dari bilik darjah
untuk berjumpa penjaja datang dari jauh
kulitnya sedikit gelap. Dang dang dang...
tak jauh dari tempat bendera berkibar
genta gangsa purba, dibangkitkan pekerja sekolah
ianya sedang bermimpi, seorang gadis dalam mimpinya
sayapnya luas terbuka, melayang di atas gereja putih
dang dang dang... tingkap kuil dibuka
jerebu membuat mentari kelihatan agak suram
sami penyambut tetamu menerima penziarah pertama
kabus berterbangan maka gagal untuk
  menatap rupa sebenar Buddha
gelombang ketawa kanak-kanak itu bak air pasang
  membanjiri padang
mereka tak baca *Loceng Perang* Hemingway
yang dibunyikan atas kesedihan maut
  dang dang dang dang dang...
sebuah ambulans berlalu dengan lajunya
kereta lain termasuk bas awam
dengan cemasnya berdiri di tepi
  malah tak berani membelok
bendera berkibar, perpaduan adalah kekuatan
bukan banduan lagi pada saat sekolah bersurai
kanak-kanak sekolah berjiwa keanak-anakan itu mengejar
gula-gula kapas yang merah jambu seperti mimpi itu

躁狂十四行

我翻身躍上500cc.的大型摩托車
在一條人煙稀少的道路上馳騁
去參加一個派對。我用我聽來仍年輕的聲音
演講，用稍稍沙啞但性感無比的聲音
歌唱。我揣測眾弟子徒眾
學藝已成，他們穿行於市集
如入無人之境。他們飆車，足以捲起風雲
帶來巨量的雨：拍啦拍啦拍啦……
我騎著500cc.的摩托車，在鏡頭前出現
又隱去，傾斜如醉，如此反複三四次
用手比一個V字
告訴湧上來的群眾
象徵主義勝利……
然後絕塵而去

2014年3月14日

Mania 14
Baris

Aku melompat naik ke atas motosikal besar 500cc
menderap di jalan yang jarang dihuni
pergi ke pesta. Aku gunakan suara pada kedengaranku
  masih muda itu
berpidato, dengan suara sedikit serak tapi seksi
menyanyi. Aku rasa semua murid dan pengikut
telah siap belajar, mereka berjalan melalui pasaran
bagaikan masuk tanah tiada orang. Berlumba kelajuan
  cukup untuk membawa perubahan
mendatangkan kuantiti hujan yang besar :
  berderau-derau berpanjangan
aku menunggang motosikal 500cc, muncul di depan kamera
sekali lagi berundur, cenderung seperti mabuk
  begitulah berulang tiga empat kali
dengan isyarat tangan V
beritahu orang ramai yang berkerumun ke depan
kemenangan simbolisme...
kemudian hilangkan diri

流放在南

流放在南，那兒
灑著地中海溫煦的陽光
公車載著落花與
碎陽，乘客陌生但友善
錐形的松樹，隔得遠些的
電線桿，雲絮飄過無聲
公車裡外是乘客的天地
你我他都是過客

你瞌睡，世界依然運轉
你醒來，有人剛剛打了個呵欠
他要睡了，像接力賽，像長跑選手
我們經過了一站又一站

2014年3月19日

Pembuangan Di Selatan

Pembuangan di Selatan, di sana
sinaran hangat mentari Mediterranean bertaburan
bas membawa bunga-bungaan berguguran dan
cebisan cahaya, para penumpang tak dikenali tapi mesra
pokok-pokok pain berbentuk kon
tiang elektrik di tempat yang lebih jauh
dilalui awan yang hanyut dengan senyapnya
di luar dan dalam bas ialah dunia penumpang
kau dan aku tamu dalam perjalanan

Kau mengantuk, dunia masih berjalan
kau bangun, ada orang baru saja menguap
dia hendak tidur, seperti perlumbaan beranting
  seperti pelari maraton
kami melalui perhentian satu demi satu

長廊記憶

空廓的長廊　我聽見
躡步前來訪我的，竟是帶著把吉打的
記憶。高低的和弦
帶著香氣的精靈
那個膾炙人口的故事
一名英國男生夜夜對著窗戶裡的女孩
唱歌：啦啦啦

甚麼年代不再重要　時間
在我們漫步花徑那一刻停止
成了雪雕，成了夢
都收藏在我那部還沒有書名
的定稿裡

空廓的庭院　蘭花樹下
大家看著對方的眼睛
為了廝守，我決定離開
這熟悉而又陌生的城市
「這是一輩子的事，雖然
一輩子，朝花夕拾
是驟雨來去的事。」

2014年3月下旬

Memori Di Beranda Panjang

Di beranda panjang yang kosong, aku mendengar
yang berjinjit datang melawatku itu
  sebenarnya memori yang
  membawa sebuah gitar. Kod yang
tinggi rendah jin yang beraroma
kisah yang popular itu
seorang lelaki Inggeris menghadapi gadis
  di tingkap setiap malam
menyanyi: la la la

Zaman apa itu tak penting lagi
masa, berhenti pada saat kita bersiar-siar
  di laluan bunga
menjadi patung salji, menjadi mimpi
disimpan dalam versi akhir koleksiku
yang belum berjudul lagi

Di pekarangan kosong bawah pepohon orkid
semua orang melihat mata pihak lain
untuk hidup bersama, aku berputus meninggalkan
bandar yang kutahu benar
  juga tak dikenali langsung ini
"Ini kisah seumur hidup
walaupun sepanjang hayat, bunga pagi
dikutip waktu malam
merupakan kisah hujan tiba-tiba datang dan lalu. "

你一定要相信

你一定要相信，我對國家
的感情。我的揶揄，調侃
諷刺，叫囂，嘶啞著聲音
吶喊，唱歌，在台上演講
我的雙腳不能自禁的顫抖
不是因為恐懼
不是因為怯場
是因為天旱物燥恐有大火

你一定要相信，我對國家
的忠心。跨過拒馬，我的
長褲扯破；這不是捉迷藏
的遊戲。水砲不是泰國的
潑水節。催淚彈並不浪漫
不是因為逞強
不是因為好鬥
是因為天怒人怨必有災禍

2014年3月25日

Kau Mesti Percaya

Kau mesti percaya akan perasaanku pada negara
olokan, cemuhan
ejekan, dan teriakanku dengan suara serak
bersorak, bernyanyi, bersyarah di atas pentas
kakiku menggeletar tak terkawal
bukan kerana takut
bukan kerana gentar panggung
adalah kerana kemarau dan risau akan kebakaran

Kau mesti percaya bahawa aku taat pada negara
melangkahi tolak-Malaysia
seluar panjangku terkoyak; ini bukan
main sembunyi-sembunyian
meriam air bukan Pesta Songkran Thai
gas pemedih mata tak romantis
bukan kerana cuba jadi berani
bukan kerana suka lawan
adalah kerana kemurkaan Tuhan dan insan
pasti ada bencana

拒絕老去

為了寫詩，你拒絕老去
人不能沒有空氣，顫抖的手
每天都對著文字，自己的，朋友的，網絡上的
五湖四海　在谷歌和臉書的時代
大概就是這個意思。為了美
你拒絕老去

「美人魚彼此對唱，
我想她們不會為我而唱。」*
艾略特知道遺憾是美
缺憾也是。沒有一個臂膀的維納斯也是
雙耳失聰的貝多芬也是。梵谷近乎瘋狂
的向日葵也是。為了寫詩
你離開了華爾街與股市

一隻鴿子蓄勁高飛
那是詩——
在維修著的潛水艇裡
長出的第一朵百合

2014年4月7日

---

* *"I have heard the mermaids singing, each to each; I do not think that they will sing to me."*——T. S. Eliot,〈The Love Song of J. Alfred Prufrock〉

Enggan Berusia

Demi menulis puisi, kau enggan berusia
manusia tak boleh hidup tanpa udara
tangan yang terkitai-kitai
setiap hari menghadapi teks
  dari diri, rakan, dan internet
semua sudut dunia di era Google dan Facebook
ini mungkin maksudnya. Demi keindahan
kau enggan berusia

" Duyung berduet antara satu dengan lain,
aku tak berfikir mereka akan bernyanyi untukku."*
Eliot tahu penyesalan adalah indah
kelemahan, juga. Venus yang tiada satu lengan, juga
Beethoven yang pekak, juga. Bunga mentari Van Gogh
  yang hampir gila itu, juga. Demi menulis puisi
kau tinggalkan Wall Street dan pasaran saham

Seekor merpati memelihara tenaga untuk terbang tinggi
itulah puisi ---
dalam kapal selam yang sedang diperbaiki
tumbuhlah lili yang pertama

---

* *"I have heard the mermaids singing, each to each; I do not think that they will sing to me."*——T. S. Eliot, 〈The Love Song of J. Alfred Prufrock〉

符號學者的遭遇

衣冠楚楚，他是那種在兩天的
研討會換兩襲大衣的
符號學者。銀髮。沉著
從數碼到語碼
到二戰中途島上的祕密道路
他娓娓道來，通俗風趣
在卡爾維諾的
看不見的城市裡
他看見忽必烈的攻擊訊號
瞭解馬可波羅的搜奇嗜好
他的演講有板有眼，中規中矩

一名女生赤裸走上講台
彎身，獻花，遞過來一杯溫水
彷似受驚的小兔，他遽然踣倒
垂懸的奶子，符號釋放的能量
使他震動，驚悸
他脫掉大衣，在冷颯颯的
風中

飛奔回書房，重新思考
思考：靜態的標誌
與動態的具體之間的
差異

2014年4月9日

Pengalaman Ahli Simbolik

Berpakaian rapi, dialah jenis ahli simbolik
yang menukar dua helai kot
dalam seminar dua hari. Rambutnya putih. Tenang
dari digital ke kod
ke jalan sulit di Midway dalam Perang Dunia II
tak lelah diceritakannya, secara umum
  dan penuh humor
di Calvino yang bandarnya hilang dari mata
dia nampak isyarat serangan Kublai
faham akan hobi Marco Polo
  yang suka mencari keanehan
ucapannya teratur dan sederhana

Seorang gadis yang telanjang berjalan naik ke podium
bongkokkan badan, serahkan bunga
  hulurkan segelas air suam
seperti arnab kecil yang ketakutan. Dia tiba-tiba terjatuh
tetek yang tergantung itu, simbol
  yang mengeluarkan tenaga
buat dia bergetar, terkejut
dia tanggalkan kotnya, dalam angin yang berdesing sejuk

Meluru kembali ke bilik baca, difikirkannya semula
difikirkannya: Perbezaan konkrit antara
tanda statik
dan dinamik

訊息不知道自己的意義

對著鏡面，每日剃鬚
這一剃就剃去廿五載的歲月
歲月翻飛是灑滿庭院的落葉
落葉寫著向時間求援的訊息
媒體即訊息，麥克魯漢多年前
說的，雖然他也不知道
訊息會去到哪裡，去到誰的手裡
訊息本身甚至不知飄泊的意義

意義在生活的大小事件裡
在感情的驚濤巨浪
在芝麻綠豆，在悲歡離合裡
在迎面而來與拂袖而去的
美麗邂逅與不美麗的遭遇
在風中雨中裡。意義開始是
老去，然後是死去

2014年4月23日

Mesej Tidak Tahu Maknanya Sendiri

Menghadap cermin, bercukur setiap hari
perbuatan ini telah habis mencukur
  dua puluh lima tahun
masa yang beralun-alun
  adalah daun-daun gugur bertaburan di pekarangan
daun menulis mesej yang meminta bantuan dari masa
media adalah mesej, McLuhan
  pada bertahun-tahun lalu
berkata, walaupun dia tak tahu
mesej itu akan pergi ke mana, ke tangan siapa
mesej itu sendiri tak tahu apa maknanya mengembara

Makna wujud dalam segala peristiwa kehidupan
dalam gelombang-gelombang emosi
dalam perkara remeh-temeh
dalam kegembiraan dan kesedihan hidup
dalam pertemuan indah serta pengalaman tak elok
yang datang mengenai muka
  dan pergi dengan kemarahan itu
dalam angin dalam hujan. Makna mula
berusia, kemudian
menemui maut

囚徒

在我的眼瞳你看到一名囚徒
蹲坐於橢圓形的監獄，在等獄吏
宣讀告示。無聲的口語
鋃鐺走過的甬道原來是時間的隧道
囚車響著高分貝的警號
衝過三處紅燈。愛情
從拖手走向分手
墮入愛河，上不了彼岸
你只能選擇自首或回頭

有人在遠處燃放煙花
囚徒在槍聲響起向前仆下
行刑者以完事後一貫的悠閒
歪著頭，抽第一根菸
沒有人看過他的臉

2014年4月27日

Banduan

Di mataku, kau nampak seorang banduan
duduk di penjara berbentuk bujur
  menunggu pegawai penjara
baca pengumuman. Lisan senyap saja
yang berdentang melalui koridor
  sebenarnya ialah terowong masa
kereta penjara berdering dengan desibel tinggi
menyerbu tiga tempat lampu merah. Percintaan
bermula dari berpegang tangan
  diakhiri dengan perpisahan
kau jatuh cinta, gagal untuk naik ke pantai seberang
hanya boleh memilih perserahan diri
  atau berpatah balik

Ada orang memasang bunga api di kejauhan
banduan rebah ke depan selepas bunyi tembakan
si pengeksekusi biasanya berseronok selepas itu
kepalanya condong, dihisapnya rokok pertama
tiada siapa pernah melihat mukanya

原諒我

原諒我，像原諒把你外套沾白的
冬雪。從熱帶到亞熱帶
原諒我，一年常夏偶雨成秋的熾熱
與滂沱。隔開我們的是海峽
擁抱我們的是小巷
那兒有三種顏色的杜鵑花

原諒我，像原諒檜柏的不會跑
奧吉桑的不敢跳，大紅花的不夠紅
海水比雨水鹹，血竟濃於水
原諒我， 堅持雪霽後便是初春
而所有的童歌與神話
都帶點無政府主義的虛無，裡頭沒有過癮的
種族主義，熾烈的麥克錫主義
我把我所有未題的詩稿
（洛陽紙貴的無價之寶？）
全送給一位研究相學與相對論的老學者

2014年4月9日

Maafkan Aku

Maafkan aku, seperti maafkan salji musim sejuk
  yang memutihkan kot kau
  dari kawasan tropika ke subtropika
maafkan aku, musim panas sepanjang tahun
  sekali-sekala berhujan musim gugur
  yang panas lagi lebat
  yang memisahkan kami ialah selat
yang merangkul kami ialah lorong
di sana terdapat tiga warna bunga azalea

Maafkan aku, seperti maafkan kesturi
  tak dapat berjalan
mak saudara tak berani melompat
  bunga raya tak cukup merah
  air masin lebih masin daripada air hujan
tapi darah lebih tebal daripada air
maafkan aku, yang percayai setelah hentinya bersalji
  ialah musim bunga awal
dan semua lagu dan mitos kanak-kanak
membawa sedikit kenihilan anarkisme
  dalamnya tiada keseronokan
rasisme, dan McCarthyisme yang hangat
aku mengambil semua puisiku yang belum dijudulkan
(Adakah harga kertas Luoyang yang mahal itu
  berbuah mutiara tak ternilai?)
dihadiahkan pada seorang sarjana tua
  yang mengkaji ilmu tilik dan teori relativiti

雨中前去會晤夏目漱石

在驟雨中出發，車子
徐徐經過斯里八達嶺，掃雨器
左右晃搖，外面的世界迷濛
夏目漱石和他的妻鏡子
瞬間出現又不見再重現，暈眩
無關乎英國文學研究，無關乎
一九零零年，倫敦市的馬糞與煤煙

錯過了下午茶與蛋糕，在城邦書局
遇上了，太宰治與芥川龍之介
忍著胃痛之苦，在風雨中
手足冰冷的折磨
聽夏目漱石的貓批評時政
與一百年後
再露爪牙的軍國主義

2014年4月26日

Pergi Menemui Natsume Soseki Dalam Hujan

Berlepas dalam hujan mendadak, kereta
perlahan-lahan melalui Sri Petaling, penyapu hujan
bergoncang ke kiri dan kanan
dunia di luar samar-samar kelihatan
Natsume Soseki dan isterinya Mirror
muncul tiba-tiba kemudian sekali lagi
  tak muncul lagi, kepeningan
tiada kaitan dengan kajian kesusasteraan Inggeris
  tiada kaitan
dengan tahun 1900, tahi kuda dan jelaga di London

Tersia-sia saja teh petang dan kek, di Kedai Buku Cite
bertemu dengan Osamu Dazai dan Ryunosuke Akutagawa
menahan kesakitan perut, dalam serangan angin dan hujan
penyeksaan dari kesejukan kaki dan tangan
mendengar kucing Natsume Soseki mengkritik politik semasa
dan 100 tahun kemudian
militarisme yang sekali lagi mendedahkan cakarnya

帶著體溫的詩

剃刀掠過下巴
剎那的痛楚與沁出的血
你剛剛完成，帶著體溫
的詩。它像宣言
（你不想它像宣言）
它誕生了，一個幼嬰
它迅速成長茁壯前進
參加示威遊行。墨瀋未乾
書房的春風，還在吹著
秋雨，還在飄灑
城市的衢道擠滿了人群
在台上對著麥克風的
你的孩子，唱說俱佳
（這點令你有點自豪高興）
「為了社會的繁榮和平，為了國家的命運……」
你的孩子，你的產品
生丑淨旦，拷貝你的肢體語言
群眾鼓譟、歡呼，一波又一波的
高貝分的拍掌聲，喝采聲
「為人民付出……付出」

驀然，電流中斷
台上沒了聲音，台下有人
把一根還未抽完的香菸
擲在地上，一腳踩熄

2014年5月16日

Sebuah Puisi Yang Bersuhu Badan

Pisau cukur melintasi dagu
rasa sakit segera dengan darah keluar
kau baru saja selesai, sebuah puisi
  dengan suhu badan
  ianya seperti manifesto
(Kau tak mahu ianya menjadi seperti manifesto)
ianya dilahirkan, seorang bayi lelaki
membesar dengan cepat dan bertumbuh subur dan kuat
mengambil bahagian dalam demonstrasi perarakan
  dakwat belum kering
angin musim semi di bilik baca, masih bertiup
hujan musim luruh, masih melayang
jalan di bandar sesak dengan orang ramai
di atas pentas, anak kau menghadap mikrofon
bernyanyi dan bercerita adalah sama-sama baik
(Ini membuat kau bangga dan gembira sedikit)
"Demi kemakmuran dan keamanan masyarakat
  dan nasib negara ..."
anak kau, produk kau
watak lelaki dan wanita, pelawak serta muka terlukis
  menyalin bahasa badan kau
orang ramai berbising riuh, bersorak
gelombang demi gelombang
tepukan tangan dan sorakan berdesibel tinggi
"Sumbangkan untuk rakyat... sumbangkan..."

Tiba-tiba bekalan elektrik terputus
hilang suara di pentas, ada orang di bawah pentas
membuang rokok yang belum habis dihisap
ke atas tanah, mati dipijaknya

我在路上飛馳

高速公路上三次來襲的是
雨，我減速應付，不允許霧擋路
驟雨驟歇，我加快速度
時間飛馳，與我同步
同時享受，水、輪胎與柏油路
磨擦……唧唧嘩嘩的聲響
車裡的冷氣，驅不散的熱度
別的車輛，趕不上的
力度。未出發前，烏雲早已
密佈。油站添油，抹淨車窗
當然不是去散步
散步為了思考，跑步為了
保健，只有以車代步
與時間，時尚，時光
爭長短，闖關卡，陳倉暗渡
我是漂鳥，北飛南翔，自由
肅穆。無關踰界跨國
心靈翺翔，無遠弗屆
AES系統監督超速，慢速
大道三次暴雨如注
離開首都，衝向二百零五公里外的錫都
飛馳電掣，想著逮捕
與合理化逮捕的主流論述

2014年5月27日

Aku Memandu Dengan Laju Di Jalan Raya

Tiga kali di lebuh raya diserang
hujan, aku kurangkan kelajuan, tak benarkan
kabus menjadi halangan
hujan mendadak tiba-tiba berhenti
aku menambah kelajuan
masa itu memecut juga, serentak dengan aku
nikmatilah gesekan air, tayar dan jalan asfalt
pada masa yang sama ... berdengung-dengung
penyaman udara dalam kereta, gagal mengusir haba
kenderaan lain, tak dapat bersaing
kekuatan. Sebelum berlepas, awan gelap sudah
bertaburan. Isikan minyak di stesen minyak
lapkan tingkap kereta
sudah tentu bukan hendak berjalan-jalan
berjalan-jalan adalah untuk berfikir, joging adalah untuk
menjaga kesihatan, hanya dengan kereta
  yang menggantikan kaki
bersaing dengan masa, fesyen dan waktu
menembus masuk, menyeberangi secara bersembunyi
aku burung terapung, terbang ke utara dan selatan, bebas
serius. Tiada kaitan dengan merentasi sempadan dan negara
jiwa melayang, ke kejauhan tanpa sempadan
sistem AES menyelia kenderaan
melampaui batas kelajuan dan berjalan perlahan
hujan lebat tiga kali seperti dicurahkan
meninggalkan ibu kota, memecut ke bandar timah
  205 km jauhnya
sepantas angin dan kilat, berfikir tentang penangkapan
dan penangkapan yang dirasionalkan
  dalam perbincangan aliran utama

晨曦

卯時天濛濛亮，我關心的
不是語言與意象，是豐富的早餐
（打破詩人只靠空氣，
食水與陽光存活的迷思）
要做的事，看著辦
要說的話，如何講
路，在半個小時後在眼前開展
街燈遲了關，交通島的吸塵植物
（真希望有人告訴我，這些花草的名稱）
努力在城市的塵沙裡成長
我要飆車了，早餐後快快添滿油缸
高速公路與網絡特快，我盯著
方向盤，為自己把關
思想開放……沒有老態
我是一搏千里的大鵬

2014年6月30日

Fajar Menyingsing

Pukul 5 hingga 7 pagi, warna langit sedikit terang
aku peduli
bukan bahasa dan imej, tapi sarapan pagi yang banyak
(Untuk memecahkan tanggapan penyair
hidup bergantung pada udara,
air minum dan cahaya mentari)
perkara yang perlu dilakukan, lakukannya ikut keadaan
percakapan yang hendak diujarkan, ujarkannya
dengan cara
jalan di hadapan berkembang setengah jam kemudian
lampu jalan lewat ditutup
tumbuh-tumbuhan penghisap debu di pulau lalu lintas
(Aku benar-benar berharap ada orang memberitahuku
nama bunga dan rumput ini)
berusaha untuk bertumbuh dalam habuk bandar
aku mahu memandu kereta laju, minyak diisikan
selepas sarapan pagi
lebuh raya dan internet terlalu laju, aku memandang
stereng, mengawal diri sendiri
minda dibebaskan... tiada keujuran
aku burung raksasa yang berkembang maju

巳時：頓悟

晏起。曳著拖鞋
開門下樓入廳，走進
廚房倒水喝，聽見貓兒
在後院疾走近乎無聲
一伙芒果葉同時墜跌
嘩啦嘩啦像一陣驟雨
很快便停，緩緩喝水
一些遠遠近近的記憶
貼近，真的很近，像女性的
肉體有情但又假裝無情
欲拒還迎，遠的模糊
近的清晰，人間風景
亦復如是，緩緩喝下
晨起的第一杯白開水，喝下

七十載的跌宕風雲

2014年7月3日

Pukul 9 Hingga 11 Pagi : Tersedar

Bangun lewat. Dengan berselipar
buka pintu turun ke ruang tamu, masuk ke dalam
dapur, menuang air untuk minum, terdengar kucing
pantas berjalan hampir senyap di halaman belakang
sekumpulan daun mangga gugur pada masa yang sama
bergemercak seperti hujan mendadak
yang berhenti dengan cepat, minum air perlahan-lahan
beberapa kenangan jauh dan dekat
mendekati, memang sangat dekat, seperti badan wanita
berperasaan tapi berpura-pura menjadi kejam
mahu ditolaknya ingin juga dialu-alukannya
  yang jauh itu kabur
yang berhampiran itu jelas, pemandangan dunia manusia
seperti itu juga, minumlah perlahan-lahan
minumlah secawan air didih pertama
  selepas bangun pagi

Tujuh puluh tahun terkandung situasi berubah-ubah

戌時：印度

黃昏忘了散步
鍾愛夕陽忘了豔陽
走過大眾銀行
跨去對街便是印度餐館
要了杯熱白開水
白天的熱具體而微

馬來婦女在賣甜品與菜餚
有人兜售一串串的白蘭花
坐著喝薄薄的錫蘭茶
一邊咳嗽，瞇著眼看電視
生命本來就是這樣
耗損之後補充的，永遠
不是身體之所需

旅遊局的官員電詢
「朋友，你在哪裡？」
聲色俱厲

餐館的夥計搶過手機
淡淡而篤定的回答
「昂哥在印度。」

2014年7月10日

Pukul 7 Hingga 9 Malam : India

Terlupa berjalan-jalan di waktu senja
sayangi mentari senja terlupa mentari terang-benderang
berjalan melalui Public Bank
di seberang jalan ialah restoran India
minta secawan air didih panas
haba siang sedikit tapi sempurna

Wanita Melayu menjual makanan
  pencuci mulut dan lauk-pauk
ada orang menjual rentetan orkid putih
duduk dan minum teh Ceylon encer
batuk sambil menonton televisyen dengan mata tersepet
hayat adalah seperti ini
penambahan selepas penghausan
bukan keperluan badan
  untuk selama-lamanya

Pegawai Pejabat Biro Pelancongan bertanya melalui telefon
"Kawan, di manakah kau?"
dengan suara dan rupa serius

Pekerja restoran meraih telefon
dijawabnya acuh tak acuh dan tenteram
"Abang berada di India."

丑時：獻醜

我看到那個穿著半透明
蔥綠色雨衣的年輕郵差
踩著自行車在Paragon酒店前面
掠過，驚鴻一瞥
那人清癯的臉
似乎留著二十六年前的鬍髭

2014年7月21日

Pukul 1 Hingga 3 Malam : Memperlihatkan Kelemahan

Aku melihat posman muda yang memakai
baju hujan hijau setengah telus cahaya
berbasikal melintasi hadapan Hotel Paragon
selayang pandang mendebarkan hati
muka orang itu kurus kering
seolah-olah disimpannya misai 26 tahun lalu

Déjà vu

猝不及防被雨擊中
我一直看著蒼穹的眸子
徒然的，恍惚的相望
雨簾，半透明的屏風
隔開我們好遠好遠
Déjà vu，終於認識
我們有過的美好歲月
徒步走向輕快鐵
徒步走向青山綠
共用一把傘，怔忡不忘攙扶
時間不可解讀，惟時間
與我們同在，我懂愛

我願意用一生去聆聽
雨打花草樹木的天籟

2014年8月26日

Déjà vu

Tiba-tiba diserang hujan lebat
mataku yang terus-menerus memandang ke langit itu
tersia-sia saja, samar-samar saling memandang
tirai hujan, dan skrin yang setengah telus cahaya
jauh memisahkan kita
déjà vu, akhirnya tersedar
kita pernah mempunyai masa yang indah
berjalan kaki ke LRT
berjalan kaki ke kehijauan gunung
berkongsi payung, hati berdebar-debar
  tak lupa untuk memapah
masa tak dapat dibaca, tapi masa
bersama kita, aku tahu bercinta

Aku ingin menggunakan seumur hidupku
  untuk mendengar
bunyi alamiah dari hujan
  yang memainkan pokok dan bunga

七月初四

他在人潮洶湧的書展一角
蹲下，綁緊鞋帶
俯看手機上的來訊，看照片

照片攝的是書展另一角
三個老人家，在公共空間爭辯*
聯邦憲法的某某條款
如何被蓄意或無意
誤讀，逾讀，忘了讀

2014年7月30日

---

* 用哈珀瑪斯Jurgen Hebermas的「公共空間」，而不用「大庭廣眾」，寓意由讀者自行體會。

Hari Keempat Julai Bulan Kamariah

Dia berada di sudut pameran buku yang sesak
bercangkung, mengikat tali kasut dengan ketatnya
menunduk membaca mesej telefon bimbit, melihat foto

Foto itu menggambarkan sudut lain di pameran buku
tiga orang tua, berdebat di ruang awam *
peruntukan anu perlembagaan persekutuan
bagaimana disengajakan atau tak disengajakan
salah dibaca, lebih dibaca, dan lupa dibaca

---

* *Gunakan "ruang awam" oleh Jurgen Hebermas dan bukannya "tempat khalayak ramai", kiasannya terserah kepada pembaca sendiri untuk memahaminya.*

黃色潛水艇

黃色潛水艇，不是幽浮
是六十年代的蜃影
它何以出現太空梭旁
可能是天狼星的正能量
吸引，吸引，吸引……
我們集體imagine
Give Peace a Chance
I love you yeah yeah yeah

這世界只有螢火，沒有戰火
這世界只有摯愛，沒有傷害

2014年9月2日

Kapal Selam Kuning

Kapal selam kuning, bukan UFO
adalah fata morgana tahun 60-an
kenapa ianya muncul di sebelah
  kapal angkasa ulang-alik
mungkin disebabkan tenaga positif bintang Sirius
menarik, menarik, menarik ...
kita secara kolektif *imagine*
Give Peace a Chance
I love you yeah yeah yeah

Dunia ini hanya ada api kunang-kunang
  tiada api perang
dunia ini hanya ada cinta sejati
  tiada perbuatan menyakiti

子夜：熵

那麼倦怠是因為等待
雪落在陽明山與苗栗
Entropy，不要用英語
我肯定，那是熵，那是能趨疲
物質不滅，能量
轉移，像語言的
被迻譯，像愛變成傷害
文明帶來毀壞，所有的
熱切是因為悲切
所有的悲切

是因為冷卻

2014年9月16日

Tengah Malam : Entropi

Begitu letih adalah disebabkan menunggu
salji turun di Yangmingshan dan Miaoli
Entropy, jangan gunakan bahasa Inggeris
aku pasti, itulah entropi, yang mampu
  ke arah keletihan
kebendaan yang abadi, tenaga yang
berpindah, seperti bahasa yang
diterjemahkan, seperti cinta menjadi terluka
tamadun membawa kemusnahan, semua
kesungguhan adalah disebabkan kesedihan
semua kesedihan

Adalah disebabkan penyejukan

午時：負熵

生命的活力，熱力學
稱之為負熵，那是矛盾語的極致
能量守恆，可以轉化
我可用愛妳的能量去追求真理
把敲擊在琴鍵上的力量，去錘煉
文字，去敲打詩

生命這系統，可以封閉
新的能量闕如，系統趨向紊亂
導致瓦解。一九八九年的冬天
天狼星進入Heat Death*二十五年
我們用信息論的操作，滾雪球效應
發出high signal，嗨海high同聲召喚
在商場，在政界，在詩壇
無序狀態主宰一切
我們得拿准衝擊波的熵密度
袪除無效能量，引入負熵
只有一策

開放，開放，開放

2014年9月16日

* Heat Death 的中譯是「熱寂」，能量耗盡的狀況。

Tengah Hari : Entropi Negatif

Daya jiwa, dipanggil oleh ilmu termodinamik
sebagai entropi negatif, itu
bahasa kontradiksi yang melampau
pemuliharaan tenaga, boleh diubah
aku boleh gunakan tenaga cintai kau
untuk mengejar kebenaran
gunakan kuasa yang diketuk pada mata piano itu
untuk menggembleng
kata-kata, untuk mengetuk puisi

Sistem jiwa ini boleh ditutup
tanpa sistem tenaga baru, sistem
menuju ke gangguan yang
membawa keruntuhan.
Musim sejuk tahun 1989
bintang Sirius masuk *Heat Death* selama 25 tahun
kita praktikkan teori maklumat, kesan bola salji
hantar *high signal*, Hai *high* panggilan serentak
di pasar raya, dalam politik, dalam arena puisi
keadaan tanpa ketertiban menguasai segala-galanya
kita perlu mengambil dengan tepat ketumpatan entropi
pada gelombang menghempas
tenaga tak berkesan dikikiskan, entropi negatif dimasukkan
hanya satu polisi saja

Terbuka, terbuka, terbuka...

---

* *Heat Death* dalam bahasa Cina ialah "kesunyian kepanasan", menunjukkan keadaan kehabisan tenaga.

瞎子的故事

那本有關飛蚊症的醫學論著
坐著輪椅，推進手術室
再打麻醉劑之前，它喊：
「不要分解我，不要去掉
我的目錄、經脈與腳註。」
然後它遵囑開始算
「1，2，3，4，5……」

一個小時零二十分鐘後
它終於，甦醒，四周漆黑
有飛蚊症的瞳仁
成功被割除

2014年10月15日

Cerita Orang Buta

Artikel perubatan tentang penyakit *nyamuk terapung*
duduk di kerusi roda, ditolak ke bilik operasi
sebelum sekali lagi disuntik ubat bius, ianya berteriak:
"Jangan pecahkan aku, jangan buangkan
kandunganku, urat nadi dan nota kaki. "
kemudian ianya mula mengira mengikut arahan
"1,2,3,4,5 ...."

Satu jam dan dua puluh minit kemudian
ianya terbangun, akhirnya, dikelilingi oleh kegelapan
biji mata yang diserang penyakit *nyamuk terapung*
berjaya dipotong

がんば亭

加油是refuel
你不接受新觀念是refused
你發表謬論大家都amused
你在研究自己的肚臍
還扯到密碼與圖騰
那是知識的扭曲與abused
助理教授，晉級
升職的事
我們需要時間研究
OK......you are excused

がんば亭

Pengisian petrol ialah *refuel*
kau tak menerima konsep baru ialah *refused*
kau membuat anggapan salah
 semua orang rasa *amused*
kau sedang mengkaji pusar sendiri
juga menyentuh tentang kod rahsia dan totem
itulah pengetahuan yang dikencongkan dan *abused*
penolong profesor, isu naik kategori
naik pangkat
kita perlukan masa untuk meneliti
OK .... you are excused

童話

書包掉了，跌出一堆
教科書與練習簿
落地那一剎那，變成
一大夥青蛙
孩子去追牠牠牠，牠們
毫不猶豫地跳進池塘
一眨眼，長出滿池的荷花

2014年11月12日

Cerita Kanak-kanak

Beg terjatuh, terkeluar darinya longgokan
buku teks dan buku latihan

Pada saat ianya mendarat, berubah menjadi
sekumpulan katak
kanak-kanak mengejarnya-nya-nya, katak-katak
tak teragak-agak untuk melompat ke dalam kolam
sekelip mata saja, tumbuhlah teratai memenuhi kolam

衣飾考量

即將出國，我用散步養心
用甩手練氣，用吐納調陰陽
寒流要來，冷空氣會否過境
我不知道，當然無法肯定
自己只是個風球
號碼愈大，風刮得愈勁
我考慮的是我那襲蘋果綠外套
還潮流嗎？還時興不時興？
噢，T恤靛藍或普魯士藍
會巧妙地掩飾我年逾耳順的肚腩

2014年11月17日

Pertimbangan Tentang Pakaian

Akan ke luar negara, aku berjalan-jalan
  untuk memelihara jantung
ayunkan tangan untuk latihan nafas
  dengan hembus-hirup mengatur Yin dan Yang
arus sejuk akan datang, adakah udara dingin
  akan melintasi sempadan
aku tak tahu, tentulah tak pasti
diriku cuma bola angin
semakin besar nombornya, semakin kuat angin bertiup
pertimbanganku ialah tentang jaketku
  berwarna hijau epal
masihkah ianya bergaya? Berfesyenkah tidak?
oh, T-shirt berwarna tarum atau kebiruan
akan bijak menutupi perutku berumur 60 tahun lebih

十二月十六日：城市

向上是高速大道，向下
經過橋墩，繞過交通島
轉彎往往是突然的決定
煞車是自然反應，向前
向前飛馳，駛向未知

為了一個諾言，所有人
在午夜十二時一齊轉念
一齊用手機發出短訊
可我們沒能把城市變成
空中花園，我們面對的是
混凝土鋼筋森林
走下車看腕錶
我們同時面對
明日是今日的劣質翻版的困擾

2014年12月16日

16 Disember :
Bandar

Ke atas adalah lebuh raya, ke bawah
melalui tembok jambatan, melencong pulau trafik
membelok sering merupakan keputusan mendadak
membrek adalah tindak balas semula jadi, ke hadapan
menderap ke hadapan, menuju ke tempat tak diketahui

Kerana janji, semua orang
berubah fikiran bersama-sama
  pada 12.00 tengah malam
hantar SMS bersama-sama dengan telefon bimbit
tapi kita tak sanggup mengubah bandar itu
menjadi taman langit, kita menghadapi
hutan konkrit bertetulang
turun dari kereta dan lihat jam tangan
kita menghadapi kegelisahan pada masa yang sama
besok adalah cetak rompak hari ini
  yang bermutu rendah

終極勸告

是傷愁，去草坪上走走
是抑鬱，請你吃巧克力
想哭，送你一盒紙巾
想家，請你打個電話
想笑，不要露出假牙
愛花錢，花自己的錢
愛送花，最忌送假花
愛吹牛，有一天
會鬧笑話，詩人的鄰居
住著騙子，走錯了房間
你錯過下半輩子

2014年12月18日

Nasihat Muktamad

Bersedih, pergilah ke padang
bermurung, sila makan coklat
mahu menangis, berikanlah kau sekotak tisu
rindukan keluarga, sila menelefon
mahu ketawa, janganlah dedahkan gigi palsu
suka belanjakan wang, belanjakanlah wang sendiri
suka hantar bunga, elakkanlah bunga palsu
suka bercakap besar, suatu hari nanti
akan menjadi bahan tertawaan
  di sebelah rumah penyair
tinggal pembohong , masuk bilik yang salah
kau melengahkan paruh kedua masa hidup

子夜：流浪狗

一隻流浪狗，神情恍惚
哀傷的，與我對望
你的前主人是誰
你為甚麼，被遺棄
或許是你，遺棄了前主人
不必告訴我原委
我要見的，只是你

就要下雨了，天涼
無數的淚滴，誰也計算不出
彼此光年的距離，你可能是
我顛簸流離的前世
帶著模糊的記憶，帶著更多的
不善不惡業，尋找一個熟人
為了貪吃一條巧克力，我遲了
下樓，只沿草坪走了一圈
遇驟雨無奈而退，褲腳全濕
我攜著的那把大雨傘
遮擋流浪狗與自己
我在共管公寓的走廊
撂下你，你神情恍惚的
看著我，在風雨如晦中遠去

2014年12月21日

Tengah Malam : Anjing Liar

Seekor anjing liar, berkhayal
bersedih, saling memandang dengan aku
siapa bekas tuan kau?
kenapa kau ditinggalkan?
mungkin kau yang meninggalkan bekas tuan
jangan beritahu aku keseluruhan cerita itu
aku hanya mahu melihat kau saja

Hujan akan turun, cuaca sejuk
titisan air mata terlalu banyak
  tak dapat dihitung siapa pun
jarak tahun cahaya antara satu dengan lain
  kau mungkin
ialah kehidupanku yang bergelora sebelum kudilahirkan
dengan ingatan yang samar-samar
  dengan lebih banyak lagi
budi yang sederhana, mencari kenalan lama
kerana lahap hendak makan sekeping coklat, aku lewat
turun ke tingkat bawah, hanya dapat berjalan
  mengelilingi padang sekali
hujan turun tiba-tiba, aku tak berdaya melainkan berundur
  kaki seluar basah kuyup
payung besar yang kubawa
menutupi anjing liar dan diriku
aku berada di koridor kondominium
tinggalkan kau, kau kelihatan berkhayal
memandangku, dan hilang
jauh dalam angin dan hujan yang gelap

預感

有預感今天五時過後會去喝奶茶
會遇見不同膚色的民族
我將用蹩腳的馬來語
向茶店侍應說明
奶茶要滲多少茶匙咖啡
才適合我的胃口

有預感侍應會拿著筆
在紙上畫圈圈寫加減
可他真的喜歡我五音不全的
馬來話，那給他語言的信心
他來自南亞，一個貧瘠的國家

他的舉止有表演性
他晃著頭表示都懂了有喜劇性
我看到傍晚的大雨對他說hujan hebat
他會連連點頭說sangat sangat
也只有在入黑驟雨之際
兩個不同國籍的人
在街角的印度咖啡店的門簷
一起專心的，肩並肩
談天氣

2014年12月23日

Firasat

Berfirasat bahawa selepas pukul 5 petang ini
  akan pergi minum teh susu
akan bertemu bangsa-bangsa berkulit beza
aku akan gunakan bahasa Melayu jelik
menjelaskan kepada pelayan kedai teh
berapa sudu kopi harus dicampurkan dengan teh susu?
baru sesuai untuk seleraku

Berfirasat bahawa pelayan akan memegang pen
melukis bulatan di atas kertas
  untuk menulis campur dan tolak
tapi dia benar-benar suka bahasa Melayuku
yang bernada salah, itu memberi keyakinan
  padanya dalam bahasa itu
dia berasal dari Asia Selatan
  sebuah negara yang miskin

Kelakuannya bersifat pertunjukan
dia menggelengkan kepala menandakan dia faham
  dan itu bersifat komedi
aku melihat hujan lebat waktu senja
  maka berkata kepadanya
  itu "hujan hebat"
dia terus mengangguk dan berkata "sangat sangat"
hanya apabila waktu menjelang malam
  dan hujan turun mendadak
dua orang yang berbangsa lain
di cucur atap kedai kopi India di sebelah sudut jalan
bersama-sama menumpukan perhatian, berdampingan
bercakap tentang cuaca

淋浴

我的祕密在淋浴
的花灑底下暴露：陽光透過
玻璃窗，皮膚的動脈分佈
為甚麼要分佈？我堅決要
的是分享，我的巍峨
我的潰敗，冷水澡下
不忍卒睹

這些年留下的傷疤
癬化，成刺青的記憶
年輕歲月，如他鄉一宿
今日的憂鬱，蓊鬱如樹
讓暖水振奮我，浴巾抹淨
對鏡束髮畫眉快筆繪就臉譜
能文不能武，愛，不能受傷害
能武不能文，情，不能有瑕疵

我是伶人，從澡堂
重返舞台，要走一條
水跡漫漶屐印雜亂的路

2014年12月29日

Mandi Pancur Hujan

Rahsiaku berada di bilik mandi
terdedah di bawah pancur hujan :
  cahaya mentari menembusi
tingkap berkaca, arteri kulit bertaburan
kenapa bertaburan? Aku bertekad
mahu berkongsi, kemegahanku yang menjulang tinggi
serta kekalahanku itu, tak sampai hati kulihatnya
di bawah pancuran sejuk

Parut yang ditinggalkan oleh tahun-tahun ini
umpama kurap, menjadi memori bertatu
tahun-tahun muda, bagaikan
  bermalam sehari di tempat lain
kemurungan hari ini, subur dan lebat
  seperti pepohon
biar air suam memberi inspirasi kepada aku
  dilap bersih dengan tuala
di depan cermin rambut diikat kening dilukis
  muka disiapkan dengan segera
berbakat ilmu sivil tak berbakat militer
  cinta, tak boleh dilukai
berbakat militer tak berbakat ilmu sivil
  perasaan, tak boleh berkecacatan kecil

Aku seorang pelakon, dari bilik mandi
kembali ke pentas, untuk melangkah
jalan yang diresap kesan air
  dan jejak bakiak yang tak kemas

一月五日：UFO

空間使我忘情，忘記
身在何處，忘記姓名
只記得自己是好奇的靈長類
等待亮著一匝匝光環的飛碟
降低，降落，把我和化粧品
都載去星空，我有理由
相信外星人也愛打粉底
喜歡胭脂
喜歡潤膚
喜歡美容
它們比人類更卡通
它們比人類更虛榮

2015年1月5日

5 Januari :
UFO

Ruangan membuat aku terlupa perasaan, terlupa
di mana kuberada, terlupa nama
cuma ingat diriku primat yang teringin tahu
menunggu piring terbang yang berlingkaran cahaya
turun, mendarat, membawa aku dan kosmetik
ke angkasa bintang, aku bersebab
mempercayai alien juga suka membubuh bedak asas
suka gincu pipi
suka menghalusi kulit
suka solek-menyolek
mereka lebih bersifat kartun daripada manusia
mereka lebih suka berlagak daripada manusia

子夜：時間

他們走進電梯走出電梯
有一個光年那麼久
等待何其無奈，何其漫長……

穿黑白制服的保安人員
全身上下看不見任何灰色地帶
看不到會飛的蹤影
雖然他們嚮往飛翔，嚮往遠方的家鄉
鄉鎮有自己的女人孩子
他們上下樓巡巡覓覓
細數地板方格鎖定的時間

一列空檔檔的手推車在晚間十時
在鏡頭前面唧噹唧噹走過
像一截快鐵的車廂
「謝謝光顧，歡迎再來」

2015年1月7日

Tengah Malam : Masa

Mereka masuk ke lif dan keluar dari lif
selama satu tahun cahaya masanya
tak berdaya lagi untuk menunggu, begitu lama ...

Anggota keselamatan
  yang berpakaian seragam hitam dan putih
keseluruhan badannya tak kelihatan
  apa-apa kawasan kelabu
tak kelihatan jejak terbangnya
walaupun mereka mendambakan terbang
  mendambakan kampung halaman yang jauh
pekan mempunyai perempuan dan anak-anak sendiri
mereka berpatrol dan mencari-cari
  dari tingkat atas ke bawah
mengira dengan teliti
  masa yang terkunci pada petak lantai

Pada pukul sepuluh malam satu barisan troli kosong
berkerencang lalu di depan kamera
seperti sebuah gerabak LRT
"Terima kasih, dialu-alukan datang sekali lagi"

搭客

快鐵不等遲到的人，火車
也是，滯留的搭客
不耐煩的走動，在月台上
留下紊亂的屐痕，心事
寫在被撇下的人的臉
像畫壞了的水彩畫，水影
盪漾，令人不安

蜻蜓低飛然後高飛翩翩飛去無蹤
拿著車票錯過班車
有點頹唐，愣愣望著遠方
時間悄悄走過

2015年1月11日

Penumpang

LRT tak menunggu orang yang terlambat
kereta api juga
  penumpang yang tertinggal
tak sabar berjalan di atas platform
meninggalkan kekeliruan kesan bakiak, beban minda
tertulis pada muka orang yang tertinggal
bagaikan lukisan cat air yang rosak, bayangan air
beriak-riak, menggelisahkan

Patung-patung terbang rendah kemudian tinggi
  hilang entah ke mana
terlepas bas dengan tiket dalam tangan
sedikit mengecewakan, tercengang memandang jauh
masa berlalu dengan senyap

啦啦隊員

我是啦啦隊隊員有球入籃我便高喊
球錯過了籃高喊的聲音來不及剎掣在空氣中抖顫
十二個球員對壘另一隊十二個球員，他們
穿著顏色不同的背心短褲，我跟著背心短褲喊
看著肢體語言與動作喊加油，留意球與球員的位置
高喊加油加油……加油加油……加油加油

聲音對我空白虛無
囂鬧在全然的寂靜中進行
教練鳴笛，我聽不到
我看到有球員陸續
跌倒……爬起……跌倒
沒人知道我是個聾子

2015年1月11日

Anggota Pasukan Bersorak-sorai

Aku anggota pasukan bersorak-sorai
  apabila bola masuk bakul
  aku akan bersorak
bola terlepas dari bakul suara tinggi yang tak dapat
  berhenti itu bergemetar di udara
dua belas orang pemain melawan
  pasukan lain juga dua belas orang, mereka
memakai singlet berseluar pendek dengan warna berbeza
  aku bersorak mengikut singlet dan seluar pendek
lihatlah bahasa badan dan gerakan untuk bersorak
cepatlah, cepatlah; memerhati bola dan kedudukan pemain
terus bersorak: ayuh, ayuh, cepatlah, cepatlah...
  ayuh, ayuh, cepatlah, cepatlah ...

Suara itu merupakan kekosongan saja pada aku
suasana riuh-rendah berlangsung
  dalam kesunyian keseluruhannya
bunyi peluit jurulatih, tak dapat kudengar
aku melihat pemain berturut-turut
terjatuh ... naik ... terjatuh
tiada siapa tahu aku si tuli

纏綿七行

整個雨季，由於躲在房裡
我們終於成了熱戀的情侶
成了枕頭與棉被
成了毛髮與枕頭
成了牀單與體液
成了懸燈與牽掛
成了淚水與追憶

2015年1月15日

Tujuh Baris Yang Merawankan Perasaan

Sepanjang musim hujan, bersembunyi di dalam bilik
kami akhirnya menjadi pasangan cinta berahi
menjadi bantal dan selimut kapas
menjadi bulu dan bantal
menjadi kain gebar dan cecair badan
menjadi lampu gantung dan kekhuatiran
menjadi titisan air mata dan ingatan

魚的問題

水的存在，是魚不知道的。

——Marshall McLuhan

我們一直通過魚的晶片聯繫
魚鱗的大小形狀是難解的密碼
只有水藻可以解讀，釋放
出去，給河，給氣候，給漁夫
心裡有個底，知道自己的
地理位置與氣候遷迭
游魚口吐泡沫
一長串像冰糖葫蘆
寫長長的長長的短訊
敘述河的上游有多少蘊藏
河的下游累積多少心事
湍流的一瀉千里
漩渦的自我中心主義
狂洪爆發，沙石俱下
是它一生最慘烈的遭遇

魚從不曾想這問題
They are just emitters of codes
他們不知道自己活在水裡

前面還有安靜的蓄水池
與洶湧澎湃的瀑布

2015年1月18日

Masalah Ikan

Kewujudan air, ikan tidak tahu.—Marshall McLuhan

Kami senantiasa berhubung melalui cip ikan
saiz dan bentuk sisik
 adalah kata laluan yang sukar dibaca
hanya dapat ditafsirkan dan dilepaskan oleh alga
keluarlah, berikan kepada sungai
 kepada iklim, kepada nelayan
terdapat kefahaman dalam hati, tahulah
lokasi geografi sendiri dan pemindahan iklim
mulut ikan meludah buih
rangkaian panjang bagaikan
manisan *haw* pada tusukan
tulis *sms* panjang bersambungan
ceritakan berapa banyak simpanan di hulu sungai
berapa banyak beban fikiran berkumpul di hilirnya
dan aliran deras yang bergelora ke kejauhan
pusaran air yang beregosentrisme
banjir gila meletus, kerikil menghunjam
merupakan pengalaman terdahsyat dalam hidupnya

Ikan tak pernah memikirkan masalah ini
They are just emitters of codes
ianya tak tahu bahawa dirinya tinggal di dalam air
terdapat kolam penampung air
 yang tenang di hadapannya
dan juga air terjun yang mengamuk

鬱青風衣

生了鏽的鬱青風衣，離我而去
我感覺自己近乎赤裸
因為突然襲體的冷，因為
頓失相依為命的同伴
不再有依賴扶持
我用自己的體溫加上受之父母的毛髮
與臘月的寒冷作最後的、無效的
……抗爭

鬱青風衣，站在車裡
我的人離車站而去

2015年正月25日

Jaket Adang Angin Warna Hijau Kebiru-biruan

Jaket adang angin yang berkarat, menjauhkan aku
aku rasa hampir telanjang
oleh sebab serangan kesejukan yang mendadak
  oleh sebab
kehilangan tiba-tiba orang yang saling bergantung
tiada lagi ketergantungan dan sokongan
aku gunakan suhu tubuhku dan bulu
  yang diterima daripada ibu bapaku itu
menentang Bulan Ke-12 Tahun Kamariah
  pada kali terakhir
tanpa kesannya...

Jaket adang angin warna hijau kebiru-biruan
  berdiri di dalam kereta
badanku meninggalkan stesen

臘八：紐約暴風雪

波士頓大風雪，我的懷裡窩著
臘八粥暖身，全球媒體報導
一億人在美國廿五州挨凍受飢
熬不住朱諾的吹襲，這是
一八二七年以來最嚴重的氣候暴力
七千航班停飛，人體開始結冰
在北京，零下攝氏五度
步步為艱，東西方面對災劫
始終要碰頭，始終得聯手

紐約費城街道的雪
兩英尺深，但不及我想念你的深度
我隨著鏟雪車走遍緬因州找你
雖然我不知道你在哪裡

2015年1月27日

8 Bulan Ke-12 Tahun Kamariah : Badai Salji Di New York

Badai salji di Boston, badanku menyimpan
bubur 8 Bulan Ke-12 Tahun Kamariah
untuk memanaskan badan
media global menyiarkan
seratus juta orang di dua puluh lima buah negeri
di Amerika Syarikat
gagal menahan serangan Juno
menderita kesejukan dan kelaparan, dan ini
merupakan keganasan iklim yang
paling teruk sejak tahun 1827
tujuh ribu penerbangan berhenti
badan kita mula membeku
Beijing, bawah lima darjah Celsius
begitu sukarnya langkah demi langkah
dunia Timur dan Barat yang menghadapi bencana
akhirnya bertemu juga, akhirnya bekerjasama juga

Salji di jalan New York dan Philadelphia
dua kaki dalamnya, tapi tak sedalam
aku merindui kau
aku pergi ke Maine dengan kereta menyodok salji
untuk mencari kau
walaupun aku tak tahu di mana kau berada

黑夜是他的世界

三天前開了一張誌銀三百的支票
年份寫錯，他還活在二零一四年
銀行女主管，再三叮囑
要小心年份日期，他有點慌
追問：我該留意時間嗎？
留著一頭好看捲髮的漂亮女孩回答：
「時間？時間不重要。」

今天又劃了一張支票出去
數目很大條，傍晚七時半接急電：
「昂哥，你的戶口不夠錢。」
她建議用電匯，用ATM，兩者他都沒申請
他從北方返馬，誕生在民國三十幾年
她教老人家快快拆開大小紅包，翻箱倒篋
湊足少了的五千元，塞給銀行的
收銀機，他望著翻動的鈔票，聽著稀稀沙沙……
紙幣掉落鐵箱的聲音

有點像風吹過葉隙，有點像驟雨灑落
灑落在小時故居的天井庭院
拿著收據走出銀行，mamak檔在前面
他穿上鬱青外套，繞過茶客
看清楚每個人，聽清楚
他們喝teh tarik的聲音，然後跨進
擱在路邊的車子，一踩油門
銀色的車變成一支箭
轟然的引擎，街道驚醒跳起
時間奔走相告：黑夜，原來是他的世界

2015年1月31日

Malam Adalah Dunianya

Tiga hari yang lalu, keluarkan
  sekeping cek tertulis 300 ringgit
tahun salah ditulis, dia masih hidup
  dalam tahun 2014
pengurus bank, berulang kali memberitahu
dia mesti berhati-hati tentang tahun dan tarikh
  agaklah gugup dia
soalan: haruskah aku memberi perhatian terhadap masa itu?
jawab gadis molek dengan rambut keriting serta cantik itu :
"Masa tak penting."

Hari ini, sekeping cek lagi dikeluarkan
wangnya besar, pada pukul tujuh setengah petang
  diterimanya panggilan segera:
"Abang, akaun anda tak cukup wang."
beliau mencadangkan gunakan bayaran elektronik dengan ATM
  dan tidak satu pun pernah dipohonnya
dia kembali ke Malaysia dari utara
  dilahirkan di China Republik tahun 30-an
beliau mengajar orang tua cepat membuka
  angpau kecil dan besar, membongkar-bangkirkan
  semua kotak dan peti
menggenapkan wang lima ribu ringgit
  yang kekurangan itu, diserahkan kepada mesin juruwang
dia melihat wang kertas dibalik-balikkan
  mendengar desirannya...
jatuh ke dalam peti besi

Sedikit seperti angin bertiup melalui celah daun
  sedikit seperti hujan turun mendadak
turun di pekarangan bekas tempat tinggal masa budak dulu
ambil resit daripada bank, kedai mamak adalah di hadapan
dia memakai jaket hijau kebiru-biruan, memintas lalu pelanggan teh
melihat semua orang dengan jelas, mendengar secara teliti
suara mereka minum teh tarik, dan kemudian melangkah masuk
kereta yang tertinggal di tepi jalan, pedal minyak diinjaknya
kereta berwarna perak menjadi anak panah
enjin berderum, jalan itu lompat terbangun
masa berlari dan saling memberitahu : malam, adalah dunianya

燈火如燭

這一生是那麼短，路是那麼長
總是見不到盡頭，還有很多事沒辦完
大寒過後，恍然
所謂一切就緒，是自己騙自己
所謂一切太遲，懺悔不遲
虔誠熔成一灘燭淚，火焰化作青煙

這一生那麼短，期待太多太長
正如等待與希望，細看啊
全是流水帳，我呷了口
陳香昇華，苦澀後回甘
擦拭眼鏡片，同時發現淚光與燭光
為了懷念一個人，為了追悔
走過鐵道，突然想躺在鐵道
側耳傾聽從遠而近，重金屬
互相敲打，緊盯敲打又敲打
迸爆火花的剎那輝煌

2015年2月1日

Pelita Seperti Lilin

Kehidupan ini begitu singkat, jalannya begitu panjang
senantiasa gagal melihat sampai hujungnya, banyak perkara
belum selesai
selepas kesejukan yang hebat sekali, tiba-tiba tersedar
apa yang dipanggil "semuanya dah siap", adalah
berbohong pada diri sendiri
apa yang dipanggil "semuanya terlambat", belum lewat
untuk bertaubat lagi
kesalihan dicairkan menjadi air mata lilin
ternyala menjadi asap biru

Kehidupan ini begitu singkat, harapan
terlalu banyak dan panjang
seperti menunggu dan berharap, lihatlah dengan teliti
semua adalah akaun panjang berulang-ulang, aku meneguk
wangi lama yang meningkat, pahit kembali manis
lapkan kanta optik, masa sama didapati
cahaya air mata dan cahaya lilin
adalah untuk merindui seseorang, untuk menyesal
berjalan melalui landasan kereta api, tiba-tiba ingin
berbaring di atasnya
mendengar dengan teliti bunyi logam berat datang dari jauh
saling memukul, menatap dengan tajam
kegemilangan sekelip mata
letupan percikan api dari pukulan demi pukulan itu

商業詩

敘談甚歡，沒有發覺過午
熱潮來襲，來去如流水的車馬
傳來貿工部勸諭各行各業的商家
三月一日減價二十巴的消息
我與友人，走出院落
在芒果樹底下作出結論
馬幣疲弱，實無關日落
麥當勞與肯德基，不約而同
大幅抬高雞與漢堡的售價
是赤裸裸的商業墮落

Puisi Komersial

Bersembang dengan gembira, tak sedar selepas siang
arus panas melanda, kereta-kereta datang dan pergi
  seperti pengaliran air
datangnya nasihat Kementerian Perdagangan dan Perindustrian
  pada semua lapisan peniaga
pada 1 Mac, harga dikurangkan dua puluh peratus
aku dengan kawan-kawan, keluar dari pekarangan
buat kesimpulan di bawah pokok mangga
ringgit Malaysia lemah, sebenarnya tiada hubungan
  dengan matahari terbenam
McDonald dan KFC, terserampak
dengan skala besar menaikkan harga ayam dan hamburger
adalah kejahatan komersil yang terang-terangan

疲憊而瘋狂

這個疲憊而瘋狂的世界
一場又一場的狂風驟雨
你躲起來吧，躲到桌底
卡通人物的笑靨特別大
他臉上被誇張的塗鴉
當然你也可以攀上樹椏，蹲著
烏鴉般的睥睨大地
人們用力跳舞然後虛脫倒下
從最後一頁讀起，回溯前因
乃知後果，每行文字倒讀回去
乃知故事發展的無意與蓄意
風雨無心，語文任意
這個疲憊而瘋狂的世界

2015年3月16日

Penat Dan Gila

Dunia ini penat dan gila
angin kencang dan hujan mendadak datang berturut-turut
kau bersembunyi, bersembunyi di bawah meja
cawak pipi watak kartun sungguh besar
wajahnya dilukis berlebih-lebihan
sudah tentu, kau juga boleh memanjat pokok, berjongkok
memandang bumi dengan penuh kesombongan seperti gagak
orang-orang menari bersungguh-sungguh
  kemudian lemah dan rebah
dibaca dari halaman terakhir, ingat kembali sebabnya
baru tahu akibatnya, setiap baris teks
dibaca menurut urutan terbalik
baru tahu perkembangan kisah
  yang tak sengaja dan sengaja itu
angin dan hujan tak berniat
  bahasa bertindak sewenang-wenangnya
dunia ini penat dan gila

開罐頭

他偶然去撬一個罐頭
充滿好奇與喜悅
他要知道手臂有多少力氣
從那個角度切入
前後拉鋸
才能讓它的內容，突然
顯現，赫然
暴露

他沒想到就這樣
又鑿又敲，拉拉扯扯
大半輩子坐在廚房裡沒有靠背的凳子
無休無止，重複
重複開罐頭這動作

2015年3月20日

Membuka Tin

Dia kebetulan mengumpil sebuah tin
dengan penuh rasa ingin tahu dan kegembiraan

Dia perlu tahu berapa banyak kekuatan lengannya
dari sudut pandangan itu
menggergaji dari depan ke belakang
barulah dapat membuat kandungannya, tiba-tiba
muncul, tiba-tiba
terdedah

Dia tak sangka begitu halnya
memahat lagi mengetuk, berunggut-unggutan
hampir sepanjang hidupnya, duduk di dapur
  tanpa kerusi bersandaran
tak pernah berhenti, mengulangi
gerak-geri membuka tin ini

Android：抉擇

智能手機的紅燈亮
他剛剛闖過紅綠燈往政府行政大樓馳去
電池弱了，他的鈦製手臂
伸縮度慢了，糟糕
體內的電源斷斷續續
電話另一端傳來的聲音續續斷斷
他的任務是保護國內外政要
他的銀色指掌裝配，剩下的能量
只能簽一張支票
只能投一張選票

2015年4月2日

Android : Pilihan

Lampu merah telefon pintar dihidupkan
dia baru melanggar lampu isyarat menuju ke
  bangunan pentadbiran kerajaan
bateri lemah, lengan titaniumnya
keanjalannya lambat, celakalah
sumber elektrik dalam badan terputus-putus
suara telefon dari sebelah lain tersendat-sendat
tugasnya untuk melindungi
  tokoh politik tempatan dan asing
komponen tapak tangan yang berwarna perak
  tertinggal tenaga
hanya sanggup menandatangani sekeping cek
hanya sanggup membuang satu undi

子夜寫火龍果

一句話使我語塞
其實是因為鼻塞
這種天氣，市場出奇的冷
股市出奇的熱，所有夢想
都在冰箱裡儲著，方便逃難時
當乾糧吃，它比草根美味
它有色素，有添加劑
味道多元。我想起營養好
的火龍果，一揮刀
淌了一個砧板的血

2015年4月15日

Menulis Tentang Buah Naga Pada Tengah Malam

Satu ayat membuat aku tak dapat bersuara
sebenarnya adalah kerana hidung tersumbat
pada cuaca ini, pasar terlalu dingin
pasaran saham terlalu panas, semua mimpi
tersimpan di dalam peti sejuk
 mudah dijadikan makanan kering
ketika mengungsi, lebih berlazat daripada akar rumput
ianya mempunyai pigmen, dengan aditif
rasanya kepelbagaian. Aku teringat buah naga
pemakanan penuh berzat, dengan pisau dihulurkan
seluruh talenan berlumuran dengan darah

Data不足

堆疊積木，創造彩霓
Selecta貫連成火車，陪我上路
當然還有夢想，如果我們
都不老，多好
如果我們都不知道
多好，曾發生過的
都沒有發生
在另一個次元的世界
流行地下煩惱
印刷廠被焚燒
因為data不足
所有的用戶受到警告
我們的生活環境品質文教新聞報導
都會被自動取消

2015年4月30日

Data Tidak Mencukupi

Menyusun kayu atur-atur mencipta
  warna pelangi tambahan
selecta berjeraitan menjadi kereta api
dan berjalan bersama aku
sudah tentu, adanya mimpi, jika kita
tidak tua, betapa bagusnya
jika kita tidak tahu
  betapa bagusnya, apa yang pernah berlaku
itu tidak berlaku
dalam matra dunia yang lain
popular dengan masalah bawah tanah
kilang percetakan dibakar
kerana data tidak mencukupi
semua pengguna diberi amaran
persekitaran hidup, kualiti, kebudayaan
  dan pendidikan, laporan berita kita
akan dibatalkan secara automatik

寫給故友Mark Strand

Mark Strand (1934 - Nov 2014)

把風雨忘記，披一件風衣
出門，等天際的彩虹去
天使，因為我的一首詩要來見我
烈陽，因為我的一首詩減少黑子
其實那首詩成於我如廁
草稿寫在衛生紙上
那些潦草的字
與我的外孫的塗鴉相似
可我還是要往外闖
外面的天地太廣，我的
作品太強，總有人站著讀
一邊讀，一邊微笑，一邊讚嘆
詩的價值與出自貧民窟無關
詩是劇場，在上演好戲
它把風雨烈陽猛烈摔開
它證明風燭殘年
仍——可——以——愛

2015年5月2日

Tulis Kepada Kawan Lama Mark Strand

Mark Strand (1934 - Nov 2014)

Lupakan angin dan hujan, memakai
sehelai jaket adang angin
keluar dari rumah, menanti pelangi di kaki langit
malaikat, kerana salah sebuah puisiku
mahu datang melihatku
matahari terik, kerana salah sebuah puisiku
mahu mengurangkan tompoknya
sebenarnya puisi itu siap semasa
aku membuang air besar
draf ditulis di atas kertas tandas
tulisan cakar ayam itu
sama seperti contengan cucuku
tapi aku masih mahu keluar
dunia di luar terlalu luas, hasilku
terlalu kuat, tentu ada orang
selalu berdiri membacanya
semasa membaca, tersenyum sambil memuji
nilai puisi tiada hubungan dengan asalnya dari
perkampungan penduduk miskin
puisi adalah teater, dalam persembahan yang baik
ianya mencampakkan angin dan hujan
serta matahari terik dengan kuatnya
ianya membuktikan usia tua dan uzur
masih - boleh - bercinta

白日聊齋

每天下午都有人在我房裡啜泣
聲音輕渺幽怨……
從床底到抽屜，其聲
鬼祟，從浴室到衣櫥
地板濺濕，如驟雨潑入

樓上的寡婦，留意到樓下的動靜
她揣測一個她沒見過面的小孩
在使性子，在耍賴
他要得到整個世界的愛

2015年5月8日

Keanehan Pada Siang Hari

Setiap petang ada orang menangis di dalam bilikku
dengan suara dendam, ringan dan kabur
dari bawah katil hingga ke laci, suaranya
bersembunyi-sembunyi, dari bilik mandi ke almari
lantai basah dipercik, seperti hujan mendadak
  mencurah ke dalam

Janda di tingkat atas, memerhati gerak-geri
  di tingkat bawah
diduganya seorang kanak-kanak
  yang tak pernah dilihatnya sebelum ini
naik pitam, bertindak kurang ajar
dia mahukan kasih sayang dari seluruh dunia

逃犯

吊在病榻上，他把床單
捲成一條堅韌的纜
一切就緒
躍起跳窗玻璃同時碎裂
……多像滑雪多像衝浪
多像不能斗量的滄桑
狂笑聲中
每座建築同時衝向天堂

2015年5月17日

Orang Pelarian

Digantung pada katil pesakit
dia menggulung kain cadar
  menjadi kabel yang liat
segala-galanya sudah siap
melompat dan kaca tingkap terpecah masa yang sama
... lebih seperti bermain ski
lebih seperti bermain luncur air
lebih seperti perubahan besar yang tak dapat diukur
ditenggelami suara dekahannya
setiap bangunan pada masa yang sama
  memecut ke syurga

日本短旅

妳的淚掉下那一刻，繁櫻
萎謝，整座山光禿
也不完全牛山濯濯
枝椏參差，與妳的心情何其相似
遊客的話題變了，笑容
奇異，沖繩祭祭的是自己

妳的淚掉下那一刻，溶漿
緩緩沿著山脊，流入
海洋，沛然莫之能禦
衝擊妳盤桓一輩子的城市，從郊區
湧入熱田神宮，然後是白鳥庭園
湧入我於後山專講茶道的草廬

2015年6月2日

Jangka Pendek Melancong Di Jepun

Pada saat air mata kau menitis
sakura yang subur itu
layu, seluruh gunung gondol saja
tak botak sepenuhnya
rantingnya tak teratur, agak serupa
dengan perasaan kau
topik pelancong telah berubah, senyumannya
aneh, upacara sembahyang Okinawa
adalah untuk memuja dirinya

Pada saat air mata kau menitis, lahar
perlahan-lahan mengalir di sepanjang rabung, masuk
lautan, berlimpah-limpah tak dapat ditandingi
menyerang bandar yang kau diami seumur hidup
dari desa
menerpa ke Atsuta Jingu
kemudian Taman Burung Putih
menerpa ke majlis teh aku
di pondok di gunung belakang

晨起：顏色

晨起的第一件事是自我檢查
看丟了甚麼，和甚麼走了樣
透過百葉窗，讀空氣和陽光
沒有甚麼是免費的，法案
在下議院的辯論，機艙提供
十分鐘的的氧，都經過核算
正如電視節目片頭的嫩青與黃
最可靠的藍，來自天上

2015年6月5日

Bangun Pagi : Warna

Perkara pertama perlu dilakukan
  ketika bangun pagi ialah memeriksa diri
lihat apa yang tercicir, dan apa
  yang menyeleweng
melalui tingkap kipas
  baca udara dan cahaya mentari
tiada apa-apa yang percuma, rang undang-undang
dalam perdebatan di Dewan Rakyat
  kabin yang dibekalkan
oksigen sepuluh minit, semuanya telah dihitung
sama seperti permulaan rancangan TV
berwarna hijau muda dan kuning
biru yang paling boleh dipercayai
  adalah dari langit

大雨如注

站在路邊等一部紅白德士
電話裡告訴接線員，街名地標
時間一分一秒過去，拿著行李
旅人佇候……一群人拉著布條走過
上面有紅色黑色的標語，還有
肖像，還有肖像旁不無猥褻的手語
忘了自己在候車，他走進人群
一路向前走去，氣候驟變
大雨如注，隱約看到一名瘦削的男子擋住坦克，坦克左右
　閃避
旅客快步衝向政府大樓，後面是
首相署，再後面住著整個經濟策劃小組
鎮壓行動從氣候開始
木棍敲下來的那一刻，旅客看到
紅白德士在屋脊出現
像紅蕃茄與白菊花

大雨如注

2015年6月6日

Hujan Turun Seperti Tertumpah Dari Langit

Berdiri di tepi jalan menunggu teksi putih merah
beritahu operator melalui telefon
  nama jalan dan mercu tanda
masa berlalu, dipegangnya bagasi
pelancong menunggu ... Sekumpulan orang
  berjalan dengan sepanduk
di atasnya tertulis slogan merah dan hitam, juga
potret, dan di sebelah potret ditunjukkannya
  bahasa isyarat tak senonoh
terlupa dirinya sedang menunggu kereta
  dia menyertai kumpulan orang ramai
berjalan sepanjang jalan, cuaca berubah secara dramatik
dan hujan turun seperti tertumpah dari langit
samar-samar ternampak
  seorang lelaki kurus menghalang kereta kebal
  yang mengelakkannya kiri dan kanan
pelancong bergegas ke bangunan kerajaan, di belakangnya
Jabatan Perdana Menteri, di belakang itu pula
  tinggal seluruh pasukan perancangan ekonomi
tindakan mencegah rusuhan bermula dari cuaca
pada saat pukulan kayu dikenakan, pelancong ternampak
teksi merah dan putih muncul di atas bumbung
bagaikan tomato merah dan kekwa putih

Dan hujan turun seperti tertumpah dari langit

盆景和淚水

在城裡，建築物投落隱約的陰影
我們閒聊，過馬路，二十層的公寓
不肯定
仙人掌盆景會否掉下來
掉下來的眼淚，被當著是雨水
不肯定會否有人高空擲物
在測試萬有引力

每一次上街
都戴帽子，彎著腰
噢，我們的姿態多老
我們的姿態像在遁逃

2015年6月10日

Bonsai Dan Air Mata

Di bandar, bangunan mencampakkan bayangan kabur
kami bersembang, menyeberang jalan
apartmen dua puluh tingkat
tak pasti
bonsai kaktus akan jatuh
air mata yang menitis, dianggap sebagai hujan
tak pasti sama ada terdapat orang
  membuang barang dari paras tinggi
untuk menguji graviti

Setiap kali ke pekan
mesti memakai topi, membongkok
oh, begitu tuanya gaya kami
gaya kami seperti melarikan diri

車過仙台

我在車裡，瀏覽商店
腦袋堆滿雜物，偏又空無一物
最搶眼的招牌與街招
よるしずかにしてくうざんふかし
是月出空山靜嗎？張噪與王維的
境界在哪裡？有何特殊喻義
魯迅還在這兒學醫。拱橋夕照
混凝了平假名片假名與漢語
令人麻木的3.11東京地震
我在7.5-12.5的亞阿法波晃搖
世界離我時遠時近
六鐵軌喊停，七核
反應堆平靜，有人雙手合十
感恩頂禮

軍國主義者檢閱散落在枕被的
落髮，櫻花淚落如雨
粉紅粉白的夢與夢想，天亮才醒悟
自己應該丟掉
Equinix Inc的股票
我喜歡坐在車裡，晃蕩……晃漾
給我歇一陣子，忘掉那些
令人作嘔的數據
回到詩的包容與大愛裡

2015年3月11日

Kereta Melalui Sendai

Aku berada di dalam kereta
  seimbas pandang pada kedai-kedai itu
kepala dipenuhi bermacam-macam benda
  tapi tetap hampa belaka

Papan tanda dan iklan yang paling menarik
よるしずかにしてくうざんふかし
adakah gunung sunyi dalam kekosongannya
ketika bulan muncul?
di manakah taraf alam Zhang Nie dan Wang Wei?
apakah metafora yang istimewa?
Lu Xun masih belajar perubatan di sini. Senja kala
  di jambatan lengkung
menggabungjalinkan hiragana kana dan bahasa Cina
3.11 gempa bumi Tokyo membuat orang mati rasa
aku tergoncang antara 7.5-12.5 gelombang alpha
dunia kadangkala jauh dan kadangkala dekat dengan aku
enam buah landasan kereta api berhenti
tujuh reaktor nuklear
tenang saja, ada orang tangannya bertangkup
menyembah dengan kesyukuran

Militaris memeriksa rambut yang terjatuh bertaburan
di atas bantal dan selimut, air mata sakura
  turun seperti hujan
mimpi dan impian yang merah jambu dan keputihan
  ketika fajar barulah sedar
diriku harus membuang
saham Equinix Inc
aku suka duduk di dalam kereta
terumbang-ambing ... tergoyang-goyang
biarkan kurehat sekejap, lupakan
data yang memualkan
kembali ke toleransi puisi dan keagungan cintanya

教授等雨停

研究室前面的甬道，僅堪
兩人貼身而過
多一人就得面壁佇立
讓另一教授先行

石級往上往下都難走
夏至的日頭雨，灑濕了
文學院大樓，殖民時代的
建築，浮在驟雨中撈起來的潛艇
潮濕，濃烈的魚腥味
它裡面有許多知識的
與非知識的祕密
包括：鮭魚如何游出硅谷
教授在狹窄的甬道上，背貼著背
匆忙寫報告匆忙填表
……可能還得淋雨趕去監考

2015年6月26日

Profesor Menunggu Hujan Berhenti

Laluan di hadapan bilik kajian, hanya dapat
membenarkan dua orang lalu
 dengan badan rapat di sisi
lebih seorang perlulah ia bersemuka dengan dinding
biarkan profesor lain pergi dahulu

Tangga batu sukar untuk naik dan turun
hujan matahari panas, membasahi
bangunan akademi sastera, bangunan era kolonial
kapal selam terapung dalam hujan mendadak
 dan diselamatkan
lembap, bau hanyir yang kuat
ianya mempunyai banyak pengetahuan di dalam
serta rahsia bukan ilmu
termasuk : bagaimana salmon berenang di Lembah Silikon
profesor di laluan sempit, sandar-menyandar
 pada belakang tubuh
tergesa-gesa ditulisnya laporan diisinya borang
... mungkin perlu bergegas dalam hujan
 untuk pergi mengawasi peperiksaan

會議

經過會議室，門半開著
二十幾個人為一條蕃薯，爭論不休
向走廊的另一端滑溜過去
風在耳邊迴盪，他們的辯爭
像四部人聲鼎沸的大合唱
不和諧惟充滿人氣，充滿
怨氣，充滿被遺棄的
悲憤與怒氣，穿著冰刀鞋
來到這世界就是溜這麼一次
吵架是因為對方的種種不是
正反意見都在劇院內劇情裡
往外溜吧，炎炎夏日變成溜冰場
把雪球擲過來，C會躲避
換上雪撬，往最白的地方馳去
白色的反光令人心跳目盲
飛快啊飛快滑行
C回到提案正待表決的
突然靜下來的會議廳

2015年6月30日

Mesyuarat

Melalui bilik mesyuarat, pintu dibuka separuh
lebih dua puluh orang berhujah
  atas sebiji ubi keledek, tak berhenti
meluncur menuju ke hujung lain koridor itu
angin bergema di telinga, perdebatan mereka
bagaikan empat korus dengan suara hingar-bingar
tak harmoni tapi penuh populariti, penuh
rasa kedongkolan, penuh kesedihan dan kegusaran
dan kemarahan kerana ditinggalkan
  dengan bersepatu luncur
datang ke dunia ini adalah untuk
  meluncur hanya sekali ini
bertengkar kerana pelbagai kesalahan pihak yang lain
pandangan positif dan negatif berada dalam plot teater
mari pergi ke luar, musim panas berubah
  menjadi gelanggang ski
membuang bola salji dan C akan mengelak
memakai kereta ski, memecut ke tempat
  yang paling putih
cahaya pantul keputihan membuat jantung berdebar-debar
  dan buta mata
cepatlah dan cepat meluncur
C kembali ke bilik mesyuarat yang tiba-tiba sunyi saja
menunggu keputusan dibuat atas cadangan

系譜學

雞生了蛋，死了，所有的蛋不知去向
留下的情緒，得用體溫保護
孵住，他們最後會啄破殼子
顛顛躓躓，走自己的路

公雞在哪裡，公義就在哪裡
牠有交媾嗎？牠有留下痕跡嗎？
時間，過去，歷史，傳統
牠是逃避，還是延續了後裔
為甚麼他杳無消息？

整個桌面都是幾可亂真的
蒲葵。大家看到了事實
表象不等於真相

2015年7月1日

Genealogi

Ayam bertelur, mati, semua telur telah hilang
  entah ke mana
emosi yang tertinggal, perlu gunakan suhu badan
  untuk perlindungan
ditetaskan, mereka akhirnya akan mencatuk kulit
terhuyung-hayang, mengikut jalan sendiri

Di mananya ayam jantan, di situlah kebenaran
adakah ia bersetubuh? Adakah ia meninggalkan jejak?
masa, masa dahulu, sejarah, tradisi
adakah ia melarikan diri
  atau sudah meneruskan keturunan
kenapa ia tiada berita?

Seluruh bahagian atas meja penuh dengan palma kipas
yang agak lancung. Semua orang dapat lihat realiti
gejala luar tak sama dengan kebenaran

希臘公投

河的上游，河的下游
漁夫與浣衣婦全神貫注水面
哪些是漣漪，哪些是漩渦

一千一百萬條魚
同時吐出泡沫

2015年7月6日

Referendum Yunani

Bahagian hulu sungai, bahagian hilir sungai
nelayan dan pencuci perempuan
  menumpukan seluruh perhatian pada permukaan
air manakah riak, manakah pusaran air

Sebelas juta ekor ikan
meludah gelembung pada masa yang sama

邏輯

筆下只有字，沒有詩
感情枯竭，始於夏天水蜜桃的死
上海友人送過來的一束
於無錫下車打開的那刻，竟萎頓
成一個個皺紋密佈的核桃

2015年7月8日

Logik

Hanya ada tulisan, tiada puisi
keletihan perasaan, bermula dari kematian persik madu
  pada musim panas
rakan di Shanghai menghantar satu berkas
dibuka dan terus layu di Wuxi
  pada saat turun dari kereta
menjadi walnut yang setiapnya berkerut-kerut

遇人不淑——讀夏宇有感

穿著新娘禮服，沿著
光亮，嘈雜的人群走去
這是沆洞多的路，草木
無語，兩束花卉於左右兩翼
沒有根與泥土
似乎也可以美麗

下一刻驚悟：遇人不淑
追悔太遲
她無法向母親解釋清楚
揣念一生也不過幾十寒暑
決定經常出席城裡婚姻講座
誤打誤撞，她賢良淑德之名
從此遠播

2015年7月11日

Tersua Orang Tak Berbudi ——terharu setelah membaca Xia Yu

Memakai gaun pengantin, berjalan di sepanjang
cahaya dan keriuhan orang ramai
inilah jalan yang banyak berlubang, tumbuh-tumbuhan
tetap membisu, dua berkas bunga di sayap
 kiri dan kanan
tanpa akar dan tanah
seakan-akan boleh cantik juga

Kesedaran terkejut seminit kemudian :
tersua orang tak berbudi
terlambat menyesal
dia tak dapat menjelaskan pada ibunya
terfikir bahawa umur hanya beberapa puluh tahun saja
diputuskan selalu menghadiri ceramah perkahwinan di bandar
dengan tak sengaja, namanya
 yang berbudi luhur dan mulia itu
jauh tersebar

.com與木村拓哉

第一次與藝人討論.com
心裡緊張得要死
木村拓哉戴著
他的鴨舌帽
長袖捲到手肘的中間
他走進廣場，四十二歲的他
要綻放二十二歲的
笑容，不容易，美圖秀秀一番
或許還可以。可.com 不是那回事
它是網絡的專區與屬地
用戶是大咖還是蝦米沒關係
它可以有，或沒有
木村拓哉的粉絲
它可以有，或沒有
時間與年齡的考慮

2015年7月13日

.Com Dan Takuya Kimura

Buat kali pertama berbincang
  dengan artis tentang .com
gementar betul hatiku
Takuya Kimura memakai
kepnya
lengan panjang digulung ke bahagian tengah siku
dia berjalan ke dataran, dengan umur
  empat puluh dua tahun itu
hendakkan senyumannya mekar
  seperti umur dua puluh dua tahun
tidaklah mudah, diindahkan dengan teliti lagi
mungkin masih boleh. Tetapi
  tak demikian tentang .com
ianya kawasan khas dan tanah jajahan jaringan
penggunanya orang besar atau kecil
  adalah tidak penting
ianya boleh memiliki, atau tidak
peminat Takuya Kimura
ianya boleh memiliki , atau tidak
pertimbangan tentang masa dan umur

貓鼠哲學

我沒有貓的地址，對不起
基於道義，我不能把鼠幫的
名冊交給你

你把餌交給我好了
我會鋪滿博物館與教堂
以褻瀆之名把牠們捕殺，或豢養
一念之仁與一念之差
黑格爾說他只信任自律與星空
德里達認為貓有鼠性
貓沒了老鼠會不快活

李歐塔：「大家沒有看到
貓被龐大如夢魘的犀牛追趕嗎？」

2015年7月16日

Falsafah Kucing Dan Tikus

Aku tidak mempunyai alamat kucing, maaf
berdasarkan moral, aku tidak dapat
menyerahkan senarai nama tikus
kepada kau

Baiklah kau berikan aku umpan
aku akan menaburkannya di muzium dan gereja
atas dosa mencemarkan nama, sama ada membunuh
atau membela mereka
fikiran bermurah hati atau berlaku kejam
timbul sekelip mata saja
Hegel berkata dia hanya mempercayai disiplin diri
dan langit berbintang
fikir Derrida kucing mempunyai sifat tikus
tanpa tikus kucing takkan gembira

Lyotard: "Adakah kalian tak nampak
kucing dikejar oleh badak besar seperti mimpi ngeri? "

離開高更走向梵高

直昇機的開麥拉拍到
街道與人潮，一朵朵
向日葵，向陽是花的本能
它們一朵朵在輕快鐵
長出來，在葉叢裡盛放
街道敞開，向日葵紅得像
不熄的烈火，竄出梵高的木瓶
擺脫高更佈道者的幻象

今晨梳洗，我特別在意衣著
穿上黃衣，向陽光走去
我需要維他命D3，洗淨污穢
需要它轉化成維他命D
變成體內的鈣與磷
變成才氣與骨氣
在黃色的屋子裡議事
在燈光明亮的屋子裡議詩

2015年8月29日

Tinggalkan Gauguin Menuju Ke Van Gogh

Kamera helikopter menangkap
jalan dan orang ramai, kuntum demi kuntum
bunga matahari, menghadap matahari adalah naluri bunga
ianya tumbuh satu demi satu
di LRT, mekar antara dedaun,
jalan-jalan terbuka lebar, bunga matahari merah bagaikan
api berkobar-kobar tidak padam, terpersil
  dari botol kayu Van Gogh
melepaskan diri dari ilusi Gauguin
  sebagai watak pengkhutbah

Bersolek pada pagi ini, aku sangat mengendahkan pakaian
berbaju kuning, berjalan ke arah matahari
aku perlukan vitamin D3, demi membersihkan kekotoran
ianya perlu ditukar kepada vitamin D
menjadi kalsium dan fosforus dalam badan
menjadi bakat dan integriti
berunding di rumah kuning
berbincang tentang puisi dalam bilik berlampu terang

灰洞

把雨衣卸下，才發覺它的
沉重，把時間忘卻
才發覺它的存在
把盒子打開
才發覺裡頭空無一物
把萬有引力摔開，才發覺
灰洞，能讓所有能量坍塌
把心頭大石放下，才發覺
裡面有一粒1.07克拉的
惡性腫瘤

2015年9月14日

Lubang Kelabu

Tanggalkan baju hujan, baru didapati
ianya berat, lupakan masa
baru sedar akan kewujudannya
buka kotak
baru mengetahui ianya kosong belaka
buangkan graviti universal baru menyedari
itulah lubang kelabu, yang bisa
  meruntuhkan semua tenaga
lepaskan beban hati, baru didapati
di dalamnya sebiji tumor ganas
seberat 1.07 karat

我無法回答

你問我曾祖父的名字
墓碑整齊，周遭是一年清理一次的
野草，雞屎菊嬌美
後面是波浪形的青山
山腰有兩棟福利部的感化院
裡面的年輕人，沒有族譜
有些甚至唸不出父母之名

原諒我的無以回應，你的
錯愕，不解，近乎悲壯
我還尋找著族人來時的腳印
紙錢燃起一小撮火焰，晃動不定
烟霾中下著苦雨的心情
獨立斜陽
看蘇門答臘刮過來的野煙
想明天、明年……
可能發生的事情

（寫在916大集會前夕。今日的陰霾指數超標，布城與大馬半島的四個州屬所有學校停課）

Aku Tidak Dapat Menjawab

Kau bertanya nama moyang laki-laki aku
batu nisan teratur, di sekitar ialah rumput rampai
dibersihkan setahun sekali
  yang begitu genitnya kekwa tahi ayam
di belakang ialah gunung hijau bergelombang
pada pinggang gunung terdapat dua buah
  pusat pemulihan Jabatan Kebajikan
muda-mudi di dalamnya, tiada salasilah keturunan suku
ada juga tak dapat membaca nama ibu bapa mereka

Maafkan aku kerana tak membalasnya
kau terkejut, tak faham, hampir tragis
aku masih mencari bekas kaki suku aku
  semasa mereka datang
wang kertas menyalakan api yang kecil, bergoyang-goyang
inilah perasaan hati di bawah hujan pahit dalam jerebu
berdiri seorang diri di bawah matahari terbenam
melihat asap liar yang ditiup dari Sumatra
berfikir tentang esok, tahun depan ...
apa yang boleh berlaku

(Ditulis pada malam sebelum Perhimpunan 916. Indeks jerebu hari ini melampaui standard. Semua sekolah di Putrajaya dan empat buah negeri di Semenanjung Malaysia ditutup.)

秋分：紙鳶紛飛

回到故里，歡迎我的是
狼藉不堪的桌椅，不堪回首
與不勝唏噓的種族主義
又再抬頭。我決定，放紙鳶去

「去草坪那兒吧，那兒的風大」
鞦韆搖曳，那是三大民族的
幼年的、早年的、跌宕的歷史記憶…
在天上隨風隨意
上下盤旋，飄逸無比
「奔跑追逐的孩子會跌倒，
會爬起來，有方向而不一定有目的
理想的本質如此」，紙鳶顏色多變
沒有人會因為顏色的問題喧囂爭吵

「我怎能把高飛的紙鳶
帶回地面？」孩子說，神色凝重
帶點成年人的憂鬱。「它拖著我走，
我控制不住它」，紙鳶大概忘了
它來自土地
來自一個人、一群人的手裡
它兀自飛著飛著飛著飛著
在某個看不見的地方墜落

2015年9月23日

Ekuinoks Musim Luruh : Layang-layang Berterbangan

Kembali ke kampung halaman
yang menyambut kedatanganku ialah
meja dan kerusi yang terserak cerai-berai, tak sanggup
  untuk mengingat kembali
rasialisme yang amat mengharukan itu
bangkit semula. Aku memutuskan
  untuk bermain layang-layang

"Pergi ke padang, di sana angin adalah kuat"
ayunan bergoyang, itulah kenangan sejarah
  masa kecil, masa lama dulu,
  serta naik dan turun tiga bangsa utama
bebas dan berleluasa di langit
berkelibang ke atas dan ke bawah, begitu elegan sekali
"Kanak-kanak yang berkejar-kejaran akan jatuh,
dan bangun semula, mempunyai hala tuju
  tapi tak semestinya bertujuan
begitulah hakiki ideal", warna layang-layang berubah-ubah
tiada siapa yang akan bertengkar atas isu warna

"Bagaimana aku dapat membawa layang-layang
  yang terbang tinggi itu
kembali ke tanah? " Kata kanak-kanak itu
  dengan air muka yang berat
dengan menunjukkan sedikit melankolis orang dewasa
"Ianya menyeret aku, aku tak dapat mengawalnya, "
layang-layang mungkin
terlupa ianya datang dari tanah
dari seorang, dari tangan sekumpulan manusia
ianya tetap saja terbang terbang terbang terbang
terhempas di tempat yang tak dapat dilihat

沒忘了戴口罩

老婦人的房，有烏鴉的黑暗
長期盤桓，陋巷只有一個方向
低頭疾行，忘記帶鴨舌帽
可沒忘了戴口罩
走出暗巷，便有許多街道
商店，錯落如草艾，大大小小

有人茫然坐著，打呵欠
用小背包搧涼
巴士掩護得很好
他們在巴士旁，迅速聚合
領取集會的水瓶與酬勞

一路走（他們也只能一路走）
否則不是他們絆倒別人，就是別人
絆倒他們，人潮洶湧
混在群眾裡感受體臭與戾氣
三排警察，攔截不住城市的
喧囂，阻擋不住信任在解體

陰霾沒有理由籠罩地平線
沒有理由讓大伙看不見
一家大小，圖個溫飽的
炊煙

2015年9月28

Tidak Terlupa Memakai Penutup Mulut

Bilik perempuan tua, kegelapannya bagaikan gagak
singgah selama-lamanya, lorong buruk hanya satu arah
tunduk dan cepat berjalan, terlupa membawa kep
tapi tak terlupa memakai penutup mulut
keluar dari lorong gelap, terdapat banyak jalan
kedai, besar dan kecil, berselang-seling seperti rumput

Ada orang duduk kebingungan, menguap
gunakan ransel kecil untuk mengipas
bas sebagai perlindungan yang sangat baik
mereka berkumpul dengan cepat di sebelah bas
menerima botol air dan ganjaran
  untuk perhimpunan tersebut

Terus berjalan(mereka hanya dapat terus berjalan saja)
kalau tak mereka akan tersandung orang lain
atau disandung, arus manusia seperti gelombang
menyusup antara orang ramai
  merasa bau badan dan bilazim
tiga baris polis, tak dapat menghentikan
keriuhan bandar, gagal menghalang
  keruntuhan kepercayaan

Jerebu tiada sebab untuk menutupi ufuk
tiada sebab untuk membuat semua orang
  gagal melihat
asap dari cerobong dapur
  yang dapat menanggung sara hidup
  semua ahli dalam keluarga

半夜突然下雨

半夜突然下雨
雨聲把我抓起
往廁所小解，透過百葉窗
看外面樹搖在街燈下晃搖
外面的世界很小
加上我，三度空間
也是很擠逼很擠逼的呵
呵欠，我還是趕緊爬回床重覓
那個主題很狂世界很大的夢
夢裡有草莓，有巧克力
有十五歲的初戀
十六歲突然的失戀
在雨中獨自踽踽十公里
還不懂得甚麼是憂鬱

Tiba-tiba Hujan Turun Pada Tengah Malam

Tiba-tiba hujan turun pada tengah malam
bunyi hujan menggenggam aku

Ke tandas untuk berkencing
  dengan melalui tingkap kipas
melihat ranting di luar bergoncang
  di bawah lampu jalan
dunia luar sangat kecil
tambah aku, ruang tiga dimensi
juga sangat sesak sangatlah sesak
menguap, baiklah aku cepat naik ke katil
  untuk mencari sekali lagi
  mimpi yang bertema amat gila
  dan berdunia besar itu
di dalam mimpi terdapat strawberi, juga coklat
terdapat cinta pertama pada umur lima belas
pada umur enam belas, tiba-tiba terputus cinta kasih
berjalan sepuluh kilometer seorang diri dalam hujan
masih tak faham apanya melankoli

聽貝貝修兒搖滾對決：我的天空

喜歡看見街角處印度人賣氣球
五顏六色，三十多粒的泡泡
它們擋住世界醜陋的一角
它們給小孩帶來些許歡笑
詩，因而變得韻腳
不用在中國好聲音那兒
找歌詞，找資料

我們群居，我們每天對著
同樣的一片天空，我們踩著同一塊土地
追求美好，最美的是氣球飛上天空的
彩虹
我們是鄰居，我們見到同樣的日出日落
我們一同經歷過獨立前的
殖民主義統治的背棄與打擊
我們一起擁有黎明與後來的光明
我們望著那一角擋住烏雲的氣球
頓悟多姿多采的意義
我們開始做夢，並迅猛完成
獨立建國的大業

噼拍噼拍，氣球爆破
噼拍噼拍，好夢南柯
別怕別怕，星群出現
別怕別怕，鳥在唱歌

2015年10月4日

Dengar Pertandingan Rock Beibei Xiuer : Langit Aku

Suka melihat kaum India menjual belon di sudut jalan
berwarna-warni, lebih daripada tiga puluh biji buih
ianya menghalang sudut jelik dunia
ianya memberi anak-anak sedikit ketawa
oleh itu puisi menjadi rima
tak perlu mencari lirik dan maklumat
dalam *Suara Yang Baik, China*

Kita hidup dalam komuniti
menghadapi sekeping langit
  yang sama setiap hari, kita memijak
  sebidang tanah yang sama
mengejar keindahan, yang paling indah ialah belon
yang terbang ke pelangi
kita adalah jiran, memandang matahari terbit
  dan terbenam yang sama
kita semua hidup bersama sebelum kemerdekaan
mengalami pengingkaran dan penindasan
  daripada penjajahan
kita bersama-sama mempunyai subuh
  dan masa depan yang cerah
kita memandang belon di sudut
  yang menghalang awan hitam itu
tersedar akan maksudnya berwarna-warni
kita mula bermimpi, dan pantas
  dan kuat menyelesaikan
penubuhan sebuah negara merdeka

Detus-detas... bunyi letupan belon
detus-detas... mimpi indah menjadi kegembiraan khayalan
jangan takut, jangan takut, kumpulan bintang telah muncul
jangan takut, jangan takut, burung sedang bernyanyi

聖誕：繁花落盡

繁花落盡雪花才落
就在隔壁竟不知道住著你
幾十年過去，我從來
沒去計數，衣櫥裡有多少件
不曾穿過，與穿過一兩次
即閒置與忘記的應節襯衣

聖誕老人來了又走了
他沒有留下甚麼箴言
我在嘛嘛檔前等氣候
回心轉意，不想一而再
淋雨。仍然十分在意這些年
自己的大意，不懂甚麼時候
你住在隔壁，甚麼時候你拿了
我一生僅有的十四首十四行詩
坐著雪橇離去

2015年12月25日

Krismas : Habis Gugurnya Bunga-bunga Beraneka

Habis gugurnya bunga-bunga beraneka
 barulah turunnya salji
tak tahu kaulah yang tinggal di sebelah
beberapa puluh tahun berlalu, aku tak pernah
mengira, berapa banyak helai baju raya di dalam almari
yang tak pernah kupakai, atau pernah kupakai sekali dua
kemudian diketepikan atau dilupakan

Santa Claus datang dan pergi
dia tak meninggalkan apa-apa bidalan
aku di kedai mamak menunggu cuaca
berbalik hati, tak mahu berulang kali
dibasahi hujan. Masih sangat prihatin
terhadap kecuaianku sendiri tahun-tahun ini
tak tahu sejak bila
kau tinggal bersebelahan, bilakah kau mengambil
empat belas buah soneta yang kupunyai
 sepanjang hidupku ini
pergi dengan kereta ski

選舉

砂州選舉的成績，陸續
公佈。電視前有人歡呼
我聆聽的是十時半的華語新聞
華人選票回流，跡象可喜
對著電腦籌思明天的特寫
怎樣寫實怎樣寫意
在露台眺望吉隆坡的
萬家燈火，不無怨懟的想念妳
同時討厭自己，把妳
政治化為國家的載體

（這種比附與聯想不可思議）

正如一架直升機墜毀
助選的六人全部死亡
失事的原因可能是
過於晴朗的天氣

2016年5月12日

Pilihan Raya

Keputusan pilihan raya Sarawak, satu demi satu
diumumkan. Ada orang bersorak riang di hadapan TV
aku mendengar berita Mandarin jam sepuluh setengah
undian Cina kembali, tanda-tanda yang menggembirakan
di hadapan komputer berfikir tentang rencana khas esok
bagaimana ianya ditulis secara realistik dan secara ekspresi
dari anjung memandang lampu-lampu
yang bernyala di ribuan rumah
di Kuala Lumpur, tak dapat
mengelakkan kedendaman untuk merindui kau
masa yang sama membenci diri sendiri, yang membuat kau
dipolitikkan sebagai pengangkut negara

(Perbandingan yang tak kena ini
serta asosiasinya tak dapat difahami)

Sama seperti sebuah helikopter yang terhempas
enam orang yang membantu dalam pilihan raya terkorban
kemalangan mungkin disebabkan
cuaca yang terlalu cerah

魚躍

只能從背影認出是妳
眩目的旋轉，從九十度看過去
一尾躍出水面的魚
遊客，應該有兩三個
在鏡頭外張望，還有
居高臨下的高樓與民居
妳哼著歌謠，花開花謝
在手舞足蹈間完成

我錯身而過，佯裝
微蹲縛鞋帶，攏衣，作揖
用彬彬有禮掩飾容顏在
暮色蒼茫中老去

2016年9月9日

Lompatan Ikan

Hanya dapat mengenali kau dari belakang
perputaran yang mempesonakan, dari
 sembilan puluh darjah melihat seekor
ikan melompat keluar dari air mesti ada
dua atau tiga orang pelancong
memandang di luar fokus, termasuk juga
bangunan dan rumah tinggi yang melihat ke bawah
kau berdendang, bunga kembang dan gugurnya
selesai dalam aksi menari dengan kegirangan

Aku berlalu dengan merapatkan badan, berpura-pura
bercangkung sedikit mengikat tali kasut
menutup rapat pakaian, membongkok
gunakan kesopanan untuk melindungi rupa muka
yang menjadi tua dalam senja kelam

腫瘤

我們只是比較喜歡吃葡萄糖
喜歡快速新陳代謝
為他人作嫁衣裳
我們只是喜歡德里達的
增生與衍義，所有的data
都是隱喻，局部到整體
挖地道，儲軍糧，慢稱王
熬個三五載
把違章建築矗起

2016年12月20日

Tumor

Kami hanya suka makan glukos
suka metabolisme yang cepat
membuat pakaian kahwin untuk orang lain
kami hanya suka hiperplasia dan maksud berkembang
Derrida, semua data
adalah metafora, dari sebahagian ke keseluruhannya
terowong digali, simpan bahan makanan tentera
perlahan-lahan digelar raja
bersusah-payah tiga tahun lima tahun
bangunan haram siap didirikan

聖誕偶遇

我們在紀伊國書屋相遇
店裡擺的是兩三年前的舊書
文史哲是五年前的他鄉故知

我們爭先說話
十五分鐘拼命找話題
半小時後我們都累了
口吐白沫、呼吸急促
繼之於胡言亂語
四十五分鐘後找到藉口匆匆揮別
沒說再見，當然也沒說不見

2016年12月25日

Bertemu Secara Kebetulan Pada Krismas

Kami bertemu di Kinokuniya
yang ditempatkan di kedai itu
  ialah buku-buku dua atau tiga tahun dulu
sastera, sejarah dan falsafah adalah kawan lama
  kampung halaman lain lima tahun lalu

Kami bersaing untuk pertama bercakap
lima belas minit bertungkus-lumus mencari topik
setengah jam kemudian kami keletihan
buih putih diludah dari mulut, sesak nafas
diikuti cakap angin
empat puluh lima minit kemudian
  mencari alasan terburu-buru untuk berpisah
tak ucapkan selamat tinggal
  tentu saja, tak berkata tak mahu berjumpa

經濟

樓下的幾個住客在嚷嚷
俺探首作了好幾個手勢
才知道一對肥胖男女
未經許可
（一說：已獲許可）
硬行闖進籬笆社區
搶光他們未來三年的口糧

2016年12月27日

Ekonomi

Beberapa orang penghuni di tingkat bawah menjerit-jerit
aku menjenguk melakukan beberapa isyarat tangan
baru tahu sepasang lelaki perempuan gemuk
tanpa kebenaran
(seorang berkata : telah dibenarkan)
dengan kekerasan menyerbu masuk komuniti berpagar
habis merampas rangsum makanan mereka
  untuk tiga tahun akan datang

初七的憂鬱

初七何需憂鬱
你一憂鬱就跳舞
我們的舞台沒有問題
有問題的是搖來晃去的擺設

你說丟掉擺設
只留下你和手機
只留下謝幕的背景與帷幕

2016年12月5日

Kemurungan Hari Ketujuh Bulan Kamariah

Hari ketujuh mana perlunya kemurungan
kau murung saja lalu menari
tiada masalah dengan pentas kami
masalahnya ialah hiasan yang berayun-ayun

Kau berkata hiasan itu dibuangkan
hanya tinggalkan kau dan telefon bimbit kau itu
hanya tinggalkan latar belakang
 dan tirai langsir ucapan terima kasih

語言文學類　PG2087　秀詩人37

教授等雨停
(Profesor Menunggu Hujan Berhenti)
——溫任平雙語詩集

作　　者 / 溫任平（Bernard Woon Swee-tin）
譯　　者 / 潛默（Chan Foo Heng）
責任編輯 / 徐佑驊
圖文排版 / 周妤靜
封面設計 / 王嵩賀

發 行 人 / 宋政坤
法律顧問 / 毛國樑　律師
出版發行 / 秀威資訊科技股份有限公司
114台北市內湖區瑞光路76巷65號1樓
電話：+886-2-2796-3638　傳真：+886-2-2796-1377
http://www.showwe.com.tw
劃撥帳號 / 19563868　戶名：秀威資訊科技股份有限公司
讀者服務信箱：service@showwe.com.tw
展售門市 / 國家書店（松江門市）
104台北市中山區松江路209號1樓
電話：+886-2-2518-0207　傳真：+886-2-2518-0778
網路訂購 / 秀威網路書店：https://store.showwe.tw
國家網路書店：https://www.govbooks.com.tw

2018年7月　BOD一版
定價：250元

國家圖書館出版品預行編目

教授等雨停 (Profesor Menunggu Hujan Berhenti)
: 溫任平雙語詩集 / 溫任平著 ; 潛默譯. --
一版. -- 臺北市 : 秀威資訊科技, 2018.07
面 ; 公分. -- (語言文學類 ; PG2087)(秀詩人 ; 37)
BOD版
ISBN 978-986-326-573-3(平裝)

868.751 107009466

讀者回函卡

感謝您購買本書，為提升服務品質，請填妥以下資料，將讀者回函卡直接寄回或傳真本公司，收到您的寶貴意見後，我們會收藏記錄及檢討，謝謝！

如您需要了解本公司最新出版書目、購書優惠或企劃活動，歡迎您上網查詢或下載相關資料：http:// www.showwe.com.tw

您購買的書名：________________________________

出生日期：________年________月________日

學歷：□高中（含）以下　□大專　□研究所（含）以上

職業：□製造業　□金融業　□資訊業　□軍警　□傳播業　□自由業

□服務業　□公務員　□教職　□學生　□家管　□其它______

購書地點：□網路書店　□實體書店　□書展　□郵購　□贈閱　□其他

您從何得知本書的消息？

□網路書店　□實體書店　□網路搜尋　□電子報　□書訊　□雜誌

□傳播媒體　□親友推薦　□網站推薦　□部落格　□其他__________

您對本書的評價：（請填代號　1.非常滿意　2.滿意　3.尚可　4.再改進）

封面設計____　版面編排____　內容____　文／譯筆____　價格____

讀完書後您覺得：

□很有收穫　□有收穫　□收穫不多　□沒收穫

對我們的建議：________________________________

____

____

____

請貼
郵票

11466
台北市內湖區瑞光路 76 巷 65 號 1 樓
秀威資訊科技股份有限公司 收
BOD 數位出版事業部

（請沿線對折寄回，謝謝！）

姓　　名：＿＿＿＿＿＿＿＿　年齡：＿＿＿＿　性別：□女　□男

郵遞區號：□□□□□

地　　址：＿＿＿＿＿＿＿＿＿＿＿＿＿＿＿＿

聯絡電話：(日)＿＿＿＿＿＿＿＿(夜)＿＿＿＿＿＿＿＿

E-mail：＿＿＿＿＿＿＿＿＿＿＿＿＿＿＿＿